AF318393

PIERRE SALES

Chaîne Dorée

AVENTURES PARISIENNES

PARIS

FAYARD Frères, Éditeurs

78, BOULEVARD SAINT-MICHEL, 78

ŒUVRES DE PIERRE SALES

En volumes illustrés à 60 centimes.

Ont paru :

Chaîne Dorée.

I

LE VICOMTE DE LA TERRADE

Un matin du mois de mai 1872, les bandes d'ouvriers se rendant à leur besogne dans les innombrables usines de la plaine Saint-Denis s'écartaient, en riant, pour laisser passer une voiture de cercle qui arrivait de Paris à fond de train, se dirigeant vers Épinay; et, après avoir jeté un coup d'œil dans l'intérieur et aperçu un jeune homme endormi, la plupart haussaient les épaules et disaient :

— M. le vicomte qui rentre pour se coucher.

Bientôt la voiture pénétrait dans Épinay et s'arrêtait au coin de la rue de Paris et d'une ruelle qui conduit à l'ancien parc, situé sur le bord de la Seine. Le cocher descendit alors, et ouvrant la portière :

— Nous voici arrivés, monsieur le vicomte.

M. le vicomte — Gaston de la Terrade — s'éveillant en sursaut, promena d'abord un regard stupéfait sur le cocher.

— Animal, tu me réveilles au moment où je rêvais que j'abattais neuf, avec plus de quinze cents louis sur le tableau !

— Faut-il mener monsieur le vicomte un peu plus loin?

— Non, merci; je n'ai besoin d'éveiller personne.

Et le jeune homme s'enfonça dans la ruelle, tandis que le cocher reprenait le chemin de Paris. Arrivé devant une haute grille, tapissée de plantes grimpantes, qui s'étend perpendiculairement à la Seine, le vicomte, faisant un trou dans le feuillage, inspecta le vaste jardin que bordait cette grille et la villa qui s'élevait au milieu.

— Personne de levé ! prononça-t-il avec satisfaction.

Il ouvrit doucement une petite porte, se glissa dans le jardin, et, marchant sur des plates-bandes, pour ne pas faire grincer le sable des allées, atteignit la villa. Et il avait déjà gravi les marches du perron et introduisait sa clef dans la serrure, lorsqu'un léger bruit frappa ses oreilles.

— On marche dans la maison.

Il redescendit vivement et, tournant à gauche, longea une des façades latérales de la villa. Puis, il s'arrêta et écouta : on ouvrait, avec précaution, une des portes-fenêtres du salon.

— Qui donc est éveillé ici?...

Il s'avança un peu et, caché par un épais rideau de lierre, put distinguer, dans toute sa longueur, la belle terrasse qui s'étend, de plain-pied, devant le salon de la villa. Presque aussitôt, une jeune fille traversait cette terrasse.

— Mademoiselle ma sœur! fit-il en se reculant; je ne la savais pas si matinale...

Et il demeurait immobile, stupéfait. Mlle de la Torrade regarda d'abord, avec inquiétude, une fenêtre du premier étage qui était encore fermée.

— La fenêtre de papa! remarqua le vicomte.

Puis, le visage rassuré, souriant, Geneviève de la Torrade descendit la rampe qui mène au parc, et, glissant dans la douce lumière du matin, marcha droit au mur qui termine ce parc et n'est séparé de la Seine que par un chemin de halage.

— Comme ce n'est certainement pas le désir d'assister au lever du soleil qui rend ma sœur si matinale, fit le jeune homme avec un mauvais rire, il doit y avoir là-dessous quelque joli mystère.

Et, rampant à terre, il atteignit aisément, sans avoir été aperçu par sa sœur, une longue rangée d'arbres qui lui permit de se rapprocher du mur. En ce moment, Geneviève, toute penchée en avant, contemplait avec une folle expression de joie un grand jeune homme qui arrivait, en courant, sur le chemin de halage.

— Ah! Raymond, murmura-t-elle, dès que ce jeune homme s'arrêta au pied du mur, j'avais peur de ne pas vous voir ce matin...

Il la salua avec une grâce chevaleresque et répondit :

— Chère Geneviève, vous savez pourtant que mon courage m'abandonnerait bien vite, si je n'avais le bonheur de passer, chaque jour, ces quelques minutes avec vous.

En achevant ces mots, il sautait sur une pierre qui faisait une légère saillie dans le mur, et s'accrochant à des aspérités, à des plantes tombantes, arrivait tout près de la jeune fille.

Arrivé devant une grille tapissée de plantes grimpantes... (Page 2.)

— Imprudent! prononça-t-elle, apeurée et ravie.
— Votre main!
Elle la lui donna franchement, et il la couvrit de baisers.
— Ah! s'écria-t-il, je vous sens toute tremblante, inquiète, craintive... comme toujours. Ne puis-je donc vous communiquer ma confiance, mon espoir dans l'avenir? Si vous saviez, cependant, comme je me sens fort depuis que vous daignez

m'aimer ; comme ma vie, qui me semblait lourde, est maintenant joyeuse et légère !... Geneviève, votre amour est-il donc moins puissant que le mien?

— Non, répondit-elle en plongeant ses yeux dans ceux de son ami ; non, cher bien-aimé! Et quand je suis près de vous, toutes mes angoisses, mes mauvais pressentiments s'envolent... En vous est mon seul bonheur... Vous seul me rattachez à la vie! J'ai vainement essayé de me faire aimer de mon père et de mon frère : leur cœur est impitoyablement fermé à toute affection. Ah! Raymond, c'est un abominable malheur que d'avoir perdu sa mère !

— Chère adorée!

— Pardonnez-moi de vous parler sans cesse de ma vie d'isolée, de mon enfance, de ma jeunesse solitaires, de cette perpétuelle privation de tendresse qui m'a rendue si malheureuse... Mais n'est-ce pas ma meilleure façon de vous dire quel vide vous comblez? Grâce à vous, je connais enfin le bonheur de vivre! Et c'est aussi pour cela que je tremble : si notre bonheur allait être interrompu !

— Éloignez toute crainte. Soutenu par mon amour, j'ai fait des prodiges; j'ai si courageusement travaillé que je touche à mon but : j'entrevois, dans un avenir prochain, la réalisation de mes désirs les plus ambitieux. Qui nous menacerait, puisque votre père songe à peine à vous? Et quel triomphe lorsque, dans peu d'années, je pourrai me présenter à lui, lui dévoiler qui je suis, lui dire ce que j'ai fait pour vous conquérir !...

— Ah! ce jour-là, Raymond, je serai trop heureuse !... Adieu... A demain!

— Geneviève, ne daignerez-vous pas me permettre de revenir ce soir, ici, quand votre père et votre frère seront absents, que toute votre maison sera endormie?... Ce soir, je pourrais quitter ma grand'mère...

— Non, répondit Geneviève avec une délicieuse chasteté, non! Vous savez bien que je ne puis vous voir que dans la pureté du jour. Adieu!

Il lui baisa encore la main, puis sauta sur la route et demeura quelques instants immobile, la contemplant avec un ardent amour. Elle eut, la première, le courage de s'arracher à cette troublante caresse du regard. Des deux mains, elle envoya un baiser à Raymond, puis s'enfuit vers la villa.

— Fiez-vous donc à ces petites saintes! prononça alors, avec une terrible ironie, le vicomte de la Torrade.

Il sortit prudemment de sa cachette, contourna le parc par des chemins ombreux et se décida enfin à entrer dans la villa. Il monta aussitôt à la chambre de son père et frappa de petits coups. Au bout d'un instant, le comte de la Torrade, s'enveloppant hâtivement de sa robe de chambre, venait ouvrir à son fils; et le voyant tout pâle, les yeux battus, et encore en habit, il l'apostropha :

— Te voici, garnement! C'est à cette heure que tu daignes rentrer de ton club? Tu dois avoir quelque fameuse culotte à payer pour oser te permettre de me déranger avant neuf heures!

— Pardon, papa, fit le jeune homme en refermant la porte : veuillez baisser un peu le ton de votre voix et vous éviter une mercuriale parfaitement inutile. Je n'ai pas pris la moindre culotte, j'ai même râflé une soixantaine de louis à d'aimables compagnons. Il ne s'agit pas de moi, d'ailleurs, mais de notre cher ami le baron de Candia, qui m'a chargé de vous dire qu'il ne pourrait venir aujourd'hui à Épinay et qu'il désirerait avoir avec vous une nouvelle entrevue.

Au nom du baron de Candia, la colère du comte de la Torrade était tombée comme par enchantement.

— Le baron reprendrait-il sa parole? interrogea-t-il avec une nuance d'effroi.

— Non, mon père, tranquillisez-vous; mais le baron est, avant tou' un homme de chiffres, un homme qui, dans les moindres combinaisons, ne laisse rien au hasard; et il ne consentira à être présenté à Geneviève que lorsque certaines questions assez délicates auront été minutieusement examinées et résolues, d'un commun accord, entre vous et lui.

— Il ne me reste, pour ma part, qu'à m'assurer du consentement de Geneviève. Et, ce matin, je lui annoncerai...

— Que vous avez daigné lui choisir un époux? interrompit gouailleusement le vicomte.

— Mais oui, tout simplement! répliqua son père, d'un ton protecteur : c'est une bonne petite fille, très naïve, très aimante, très respectueuse des volontés de son père...

— Je crains, mon père, que vos espérances ne se réalisent pas aussi simplement que vous vous l'imaginez...

— Et la raison, monsieur le mauvais sujet?

— C'est que ma sœur a déjà disposé d'elle-même.

— Ma fille ! Geneviève aurait…? Tu ne veux pas dire, je pense que ta sœur aurait… un amant?

— Un amoureux, mon père, qui nous donnera, sans doute, pas mal de fil à retordre!

II

GENEVIÈVE

Mlle de la Terrade venait d'achever sa toilette ; et, fraîche comme une fleur dont le soleil n'a pas encore bu toutes les gouttes de rosée, elle disposait, sur une table, en pleine lumière, devant la fenêtre de sa chambre, une grosse touffe de roses qu'elle allait peindre à l'aquarelle. Et, jetant un coup d'œil sur cette modeste chambre, où sa vie s'était écoulée comme en une prison, elle était surprise de la trouver plus jolie que de coutume : jamais le jour n'y était entré si triomphalement, jamais ses vieilles étoffes passées n'avaient eu ces tendres nuances, jamais elle n'avait éprouvé à ce point le charme de ce nid, de cette retraite, qu'elle avait dû orner, embellir de ses mains. On n'y voyait guère de bibelots, aucun de ces souvenirs chatoyants que les jeunes filles rapportent des cotillons, aucune de ces choses insignifiantes et si gracieuses dont elles aiment à s'entourer, comme un bouquet s'entoure de dentelles et de rubans ; elle n'avait pas connu les gâteries pleines de sourires qui accueillent les jeunes filles à leur entrée dans la vie ; elle n'avait pas d'amie, plus même de compagne depuis que, son éducation terminée, on avait renvoyé son institutrice ; et les tapisseries qui garnissaient ses meubles, les cadres de peluche qui entouraient les photographies de son père, de sa mère morte et de son frère, les voiles de ses fauteuils, les rideaux de guipure de ses fenêtres, tout était sorti de son imagination, de ses mains. Pendant deux années, elle avait trompé sa solitude par mille travaux délicats ; et, sentant que le cœur des siens lui était fermé, elle avait aimé cette chambrette comme une amie...

Et, comme elle s'installait, ses pinceaux à la main, son carton sur les genoux, elle entendit une porte qui s'ouvrait derrière elle : elle se retourna en poussant un cri de surprise ; son père entrait dans sa chambre.

— Suis-je indiscret? interrogea-t-il aimablement.

— Non, murmura-t-elle, toute rougissante ; mais je suis si peu habituée à recevoir votre visite!...

Et elle s'avançait tendrement vers lui, lui donnait respectueusement son front à baiser. Elle n'osait pas l'entourer de ses bras, sachant qu'il détestait les effusions qui détruisent la bonne harmonie d'une toilette d'élégant, surtout lorsqu'il était correctement vêtu comme ce matin, cambré en sa redingote de drap gris, la boutonnière fleurie, le carreau impeccablement planté devant l'œil, et la moustache soigneusement retroussée comme celle d'un chat. Il la baisa du bout des lèvres ; puis, de sa canne à bec d'argent ciselé, désignant les fleurs, le carton, les pinceaux :

— Je dérange une séance de peinture?

— Oh ! j'allais faire une simple petite ébauche ; je ne sais pas peindre, mon père.

— Eh, morbleu ! pourquoi faire la modeste? Ma parole, il y a, chez MM. les aquarellistes, un tas de choses qui ne valent pas ce que tu fais... Seulement, tu es une violette, toi ! Tu as mille qualités que d'autres ne soupçonneraient pas, mais qui n'ont pas échappé à ton père : ton parfum de tendresse aura été le bonheur de ma vie, ma chère enfant.

La jeune fille, stupéfaite, s'avança de nouveau vers son père ; et, les larmes aux yeux, elle allait lui dire combien elle était heureuse de cette minute d'abandon, la première depuis bien des années... Elle ne sut pas s'exprimer. Elle embrassa seulement le comte ; et il se laissa faire. Puis :

— Je vois que je t'étonne, mon enfant? Me prendrais-tu donc pour un père indifférent? Je sais bien que j'ai des allures un peu froides, et je n'ai jamais compris les élans de tendresse auxquels on s'abandonne dans la petite bourgeoisie ; ta mère, qui était d'ailleurs une excellente femme, tombait un peu dans ce travers... Mais je n'ai pas cessé, un seul jour, de songer à toi, à ton avenir !...

— Mon avenir..., murmura Geneviève avec effroi.

— Hélas! fit le comte d'un ton d'indicible mélancolie. J'aurais certes désiré te conserver longtemps, longtemps encore, près de moi... Ton petit bonjour le matin, la caresse le soir, c'était ma joie, la consolation du vide que ta pauvre mère

a laissé dans mon existence... Mais je serai fort contre mon
cœur; dans la vie, le cœur doit souvent se taire devant la
raison. Et, comme j'ai trouvé pour toi le mari le plus sédui-
sant...

— Me marier!... moi, mon père!

— Eh! mais, fit le comte, d'une voix un peu sèche, qu'y
a-t-il donc qui puisse te déplaire dans l'idée du mariage? Tu
n'as pas, je pense, l'intention de te cloîtrer pour la vie?

— Je vous demande pardon, mon père, bégaya Geneviève,
se passant la main sur les yeux, je vous demande pardon...
Mais je m'attendais si peu à une semblable communication!

— Tu n'avais donc jamais songé au mariage? prononça
le comte, très moqueur. Eh bien! il faut l'envisager, et tu
peux le faire sans la moindre inquiétude : si l'homme à qui je
te destine ne porte pas un grand nom, il est de bonne noblesse.
Il possède une très belle fortune; mais je n'insiste pas là-
dessus, te sachant désintéressée. Ce que tu apprécieras mieux,
c'est qu'il a une figure énergique, qu'il est fier, de haut caractère et que, sans que tu le connaisses, il t'a vue et ne demande
qu'à t'adorer...

— Et... cet homme, mon père? interrogea Geneviève
toute raidie.

— Est le baron de Candia.

— Le baron de Candia!... Le baron... de Candia...

Elle répéta plusieurs fois ce nom d'une voix étranglée. Et
ses yeux, quoique fixés sur son père, ne le regardaient plus;
elle voyait bien au delà... Sa pensée s'envolait vers un simple
bureau où un jeune homme, portant un nom bien autrement
illustre, mais se cachant sous son simple nom de baptême,
travaillait ardemment, loyalement, honnêtement, pour reconquérir la fortune de ses aïeux et surtout pour la conquérir,
elle, qui l'aimait tant!... Et on lui disait qu'il fallait épouser
un baron de Candia!...

— Le baron te sera présenté demain.

— Demain! Mais, mon père, je n'ai pas réfléchi...

— J'ai réfléchi pour toi!

— Je ne puis donner mon cœur à un homme que je ne
connais pas.

— Me résisterais-tu? s'écria le comte, s'abandonnant tout
à coup à la colère.

Avec une énergie qui le stupéfia elle osa le braver.

— Mon père, vous ne pouvez pas me marier sans mon consentement. Et je vous prie de ne pas engager ma parole !

— J'ai engagé la mienne, cela suffit ! répliqua-t-il avec un terrible accent. Et pourquoi donc refuserais-tu l'époux que je t'ai choisi ?

— Parce que... parce...

Pouvait-elle avouer tout de suite qu'elle aimait un jeune homme inconnu de sa famille, qu'une indissoluble promesse la liait à Raymond ?

— Tu as une journée pour réfléchir ! dit rudement le comte.

— Bien, mon père, répondit-elle avec une soumission feinte, je réfléchirai.

Et elle demeura immobile, froide, semblable à une statue, tandis que son père s'éloignait très irrité. Le comte retrouva aussitôt son fils, qui l'attendait sur le palier.

— Cette gamine ! prononça-t-il rageusement, cette gamine qui ose...

— J'ai tout entendu, mon père. Croyez-vous, maintenant, que j'aie eu tort de m'alarmer ?

Ils descendirent dans le parc et gagnèrent l'allée qui le bordait, parallèlement à la Seine.

— Ainsi, interrogea le comte, c'est ici que ce jeune homme ?

— Oui, ici ; en vous penchant un peu, vous apercevrez les saillies qui lui permettent d'arriver jusqu'à...

— Tu ne le connais pas ?

— Non ; mais je l'ai jugé très énergique.

— Tu m'as dit qu'il reviendrait demain matin ?

— Oui, demain !

— Eh bien, si, ce soir, Geneviève n'a pas consenti, demain... Ah ! demain, j'userai de tous mes droits contre l'audacieux qui ose s'introduire chez moi ! Tant pis s'il y a du sang versé ! Viens ; allons, en attendant, rejoindre le baron de Candia.

Le comte appela auparavant Mme Michelin, la gouvernante de sa maison, pour lui donner ses ordres. Il se garda bien de faire la moindre allusion à la vérité ; une indiscrétion pouvait avoir de trop redoutables conséquences ! Il se contenta d'expliquer, avec un grand calme, que Mlle de la Terrade était souffrante, qu'elle ne devrait pas sortir un instant de la journée et qu'il faudrait l'entourer des soins les plus attentifs. La gouvernante fit signe qu'elle comprenait. Puis le père et son fils partirent sans avoir revu la jeune fille.

En ce moment, Geneviève, tout en larmes, écrivait la lettre suivante :

Elle disposait sur une table une grosse touffe qu'elle allait peindre.
(Page 8.)

« Mon bien-aimé,

« La plus terrible catastrophe vient de fondre sur nous. Le rendez-vous que je vous refusais ce matin, je vous supplie de l'accepter pour ce soir même. Il faut que je vous aie vu avant demain, que nous prenions nos dispositions contre les cruelles volontés de mon père. Dès que je serai libre, j'irai vous attendre à ma place habituelle.

« Raymond, je vous aime par-dessus tout !

« GENEVIÈVE DE LA TERRADE. »

III

LE DERNIER RENDEZ-VOUS

Mme Michelin n'occupait habituellement qu'une position

— Ah! mon pauvre ami, lui répondit-elle en lui abandonnant sa main.
(Page 15.)

subalterne dans la maison de M. de la Terrade. Jamais encore
Geneviève n'avait été placée sous la dépendance de cette personne pointue, méticuleuse, en qui elle ne voyait qu'un être
désagréable, mais sans aucune importance. Et elle comprit à
quel point la lutte engagée entre elle et son père était grave.

lorsque M⁰ Michelin s'attacha à ses pas, l'accompagnant comme un cerbère dès qu'elle parut dans le jardin. Et, toute la matinée, ce fut une lutte de finesse entre les deux femmes. Geneviève froissait, dans sa poche, la lettre écrite à Raymond, se demandant si elle trouverait une minute de liberté pour la lui faire parvenir, tremblant surtout qu'on ne l'interceptât si elle la confiait à un messager. M⁰ᵉ Michelin eut heureusement quelques minutes de faiblesse. Après son déjeuner, elle s'assoupissait régulièrement, dans la béatitude de sa tasse de café et de son verre de cognac.

Quand elle se reprit sur cette somnolence invincible, Geneviève avait disparu.

Tout ahurie, s'adressant intérieurement de terribles reproches, elle s'élança à la poursuite de la jeune fille. Geneviève, les lèvres à peine plissées en un petit sourire malicieux, — un des derniers sourires qui devaient éclairer sa jolie bouche, travaillait dans son jardin, élaguant un rosier dont, cette année, toutes les fleurs avaient orné la boutonnière du bien-aimé. Elle était tranquille, maintenant : sa lettre était partie.

À l'heure du dîner, une dépêche du comte arriva pour sa fille :

« Ne pourrai rentrer que demain. Passe soirée avec le baron de Caudia, qui arrivera en même temps que moi à Épinay. Que tout soit préparé pour le recevoir.

« DIEUDONNÉ DE LA TERRADE. »

En lisant cette dépêche, cette menace impitoyablement suspendue sur sa tête, Geneviève devint blanche comme un lis.

— Vous apprend-on quelque chose de fâcheux? interrogea anxieusement Mᵐᵉ Michelin.

— Non, madame, mais mon père ne rentrera pas ce soir, ni mon frère sans doute...

Pour prononcer ces paroles et conserver une attitude calme, Geneviève avait dû faire un effort surhumain; elle ne parla plus de toute la soirée. Elle sembla très absorbée par un travail d'aiguille, s'efforçant de garder ses allures coutumières, pour détruire les soupçons qu'elle sentait dans l'esprit de la gouvernante. Enfin, à dix heures, elle se retirait, et bientôt sa lumière fut éteinte. Quelques instants plus tard,

toute la maison paraissait profondément endormie. Seule,
Mᵐᵉ Michelin veillait, dans l'obscurité; mais, à onze heures,
elle jugea que plus rien de suspect ne pouvait survenir, et
elle se coucha enchantée d'elle-même.

En ce moment, Geneviève se décidait à quitter sa chambre.
Elle n'éprouvait aucune inquiétude ; elle croyait fermement
que son père et son frère ne rentreraient que le lendemain...
Et ce fut par simple prudence qu'elle fit le tour du parc, glissant si doucement au milieu des arbres qu'elle semblait une
ombre. Elle se rendit enfin à la terrasse qui domine la Seine.

A peine y arrivait-elle qu'une silhouette se dressait sur le
mur, et Raymond se jetait presque à ses pieds.

— Que vous êtes bonne! Comment vous remercier, Geneviève, de cette confiance, de cette preuve d'amour!...

— Ah! mon pauvre ami, répondit-elle, en lui abandonnant ses mains qu'il baisait ardemment, notre amour est bien
menacé.

— Tout à l'heure, Geneviève, tout à l'heure seulement
nous parlerons de la catastrophe qui éclate sur nous; je n'en
devine que trop aisément la nature, et je ne crains rien, si
vous m'aimez comme je vous aime... Mais, en ce moment,
oublions tout, pour être uniquement à notre tendresse...

Il s'était relevé, prenait Geneviève par la taille et l'entraînait sous les arbres. Elle ne résistait pas, pleinement heureuse,
confiante en lui, et elle laissait doucement tomber sa tête sur
son épaule. Et ils ne parlaient plus, ils ne faisaient que mur-
murer leurs noms, unis dans une joie si douce qu'ils croyaient
rêver... Mais, soudain, il entendirent le grincement d'une
porte, puis des pas... Ils étaient trop troublés pour se rendre
exactement compte d'où cela venait... Et, comme ils s'étaient
insensiblement éloignés du fond du parc, ils ne pouvaient le
regagner sans se mettre dans la clarté de la lune, — tandis
qu'ils n'avaient plus que quelques mètres à franchir pour
toucher à la villa, se réfugier dans le salon, par où Geneviève
était sortie. Machinalement la jeune fille dit :

— Venez, Raymond.

Ils entrèrent dans la villa; puis, comme les pas se rappro-
chaient, Geneviève, épouvantée, entraîna son fiancé, l'introduisit dans sa chambre...

— Ici, vous êtes en sûreté.

D'ailleurs, maintenant, le silence le plus absolu s'était

fait. Geneviève ouvrit sa fenêtre : plus de grincement sur le sable du jardin, plus le moindre bruit de pas... Rien! Elle murmura :

— Je me suis alarmée à tort... Peut-être était-ce tout simplement le jardinier qui faisait sa ronde?

Il s'agenouilla devant elle. Et il la voyait divinement belle, souverainement attirante sous la caresse d'une lune argentée.

— Ô ma Geneviève! disait-il en se serrant contre elle, ma Geneviève, quand aurons-nous le bonheur d'être l'un à l'autre, de respirer sans cesse le même air, de vivre dans un même logis?... Quand serez-vous ma femme?

— Votre femme! prononça-t-elle mélancoliquement. Votre femme!... On veut que je sois celle d'un autre! On veut me marier au baron de Gandia!

— Ah! je ne permettrai pas l'accomplissement d'un tel sacrilège! s'écria Raymond avec un rugissement.

— Demain, cet homme viendra ici!...

— Demain!... demain... Mais c'est impossible...

Et Raymond se redressait avec des gestes égarés...

— Que faire? balbutiait Geneviève. Je vous vois aussi épouvanté que moi... Comment résister à mon père?... Jusqu'à ce jour, je n'ai jamais eu de volonté... Mais vous allez me défendre, mon ami, me dicter ma conduite, n'est-ce pas?... Je ne peux pas, vous aimant, donner mon amour à un autre; je ne peux pas, moi votre femme, devenir la femme d'un autre!... Protégez-moi, Raymond! ordonnez, j'exécuterai toutes vos volontés...

Elle s'était jetée, toute suppliante, dans ses bras, et leur poitrine haletante battait dans le même frisson, leur haleine se mélangeait... Et, soudain, avec une égale spontanéité, leurs lèvres s'unirent : ils s'enlacèrent, éperdus, en une suprême caresse...

— Mon Dieu!... mon Dieu!... bégayait Geneviève, dans une dernière résistance de pudeur.

Puis, s'abandonnant naïvement, loyalement :

— Je suis ta femme, mon Raymond adoré!

— Oui, ma femme!

— Et maintenant, j'aurai le courage de tout braver!

— Dieu m'est témoin, déclarait Raymond au milieu de ses baisers, que jamais je ne t'aurais demandé une semblable preuve d'amour... Mais il vaut mieux qu'il en soit ainsi!

Nous n'avons plus besoin de serments pour nous enchaîner l'un à l'autre : quoi qu'il advienne désormais, nous sommes indissolublement liés pour la vie.

— Oui... A jamais!... Pour la vie.

Comme Geneviève prononçait ces mots en se laissant encore aller, tout alanguie, dans les bras de Raymond, il y eut un bruissement parmi les feuillages qui tapissaient la fenêtre à balcon de la chambre. Et presque aussitôt, un homme se dressait dans le cadre, tenant à la main une épée nue. Affolée de terreur, Geneviève bégaya :

— Mon frère!

C'était Gaston de la Terrade, en effet, qui demanda, d'une voix terriblement moqueuse, en pénétrant dans la chambre :

— Que faites-vous donc ici, monsieur?

Geneviève ne laissa pas à Raymond le temps de répondre. L'enveloppant de ses bras, le couvrant de son corps, elle le poussait vers la porte de la chambre, elle ouvrait le verrou, et elle disait :

— Fuyez! je le veux, fuyez!...

Mais Raymond résistait :

— Je ne vous abandonnerai pas ainsi!

Cependant, Gaston de la Terrade ne bougeait plus, semblant attendre un ordre, un signal. Geneviève, malgré son agitation, malgré la résistance de son fiancé, ouvrit enfin la porte; mais alors, elle recula terrifiée... Son père était en face d'elle. Et il entra dans la chambre, portant, comme son fils, une épée nue... Il avait en outre un revolver et un couteau de chasse passé à sa ceinture.

IV

LE GUET-APENS

Raymond n'eut même pas un tremblement; il dit :

— Je vous en supplie, Geneviève, laissez-moi m'expliquer avec ces messieurs.

Il écarta lui-même la jeune fille; et, avec une rapidité qui démonta les deux hommes, il prit leurs épées par la lame et les força à en baisser la pointe. Et, tranquille, souriant :

— Messieurs, je reconnais que ma présence en cette maison... dans cette chambre... est, pour vous, une cruelle offense; mais je vous donne ma parole d'honneur que je ne m'y trouve que par un concours de circonstances presque inexplicable... Jusqu'à ce jour, je n'avais même pas pénétré dans votre demeure... Cela me force à précipiter les événements : J'aime Mlle de la Terrade, et j'en suis aimé. J'ai l'honneur de vous demander sa main.

Malgré son élégant cynisme, le comte avait été impressionné par la noblesse de cet inconnu, par son courage si calme... Mais Gaston était demeuré implacable; il parvint à dégager son épée; et, se précipitant sur Raymond, il dit avec un rire sinistre :

— C'est à moi qu'appartient la garde de l'honneur de notre maison... Vous l'avez entaché, je vous tue !

Geneviève se jeta sur le bras de son frère.

— Veux-tu donc assassiner celui que j'aime?...

— Laisse donc, petite sœur : tu me remercieras un jour.

— Mais je l'aime, entends-tu bien !... Mon frère, mon cher père, je l'aime et il est mon époux... Je ne pourrai jamais être à un autre, jamais !...

Et elle se suspendait à Gaston, tout en désordre, ses cheveux emmêlés, ses vêtements défaits, et elle l'empêchait de se servir de son arme.

— Mais quelles paroles faut-il donc trouver pour attendrir des hommes? Je l'aime! Je ne sais pas vous dire autre chose, moi : je l'aime!

— Gaston, ordonna son père, arrête-toi !

— Ah! mon père, murmura la jeune fille, courant à lui, merci! Vous avez pitié de moi. Enfin!... Je suis coupable de vous avoir trompé; mais vous nous pardonnerez, quand vous saurez combien nous nous aimons...

— Je te pardonnerai, ma fille, quand j'aurai fait justice de celui qui t'a insultée!

Il repoussa Geneviève durement; et elle alla tomber, à demi évanouie, sur sa couchette blanche et bleue, en murmurant :

— Pitié, mon Dieu! pitié pour lui... Prenez ma vie, s'il le faut!

Le comte s'avançait vers Raymond, qui attendait impassible, les bras croisés, surveillant d'un coup d'œil d'acier les armes de ses adversaires.

— Monsieur, dit le comte avec une grande politesse, vous reconnaissez, n'est-ce pas, que vous avez gravement insulté notre maison?

— Je le reconnais, monsieur, et suis prêt à réparer...

— Je n'accepte pas votre réparation. L'homme qui a osé pénétrer dans la chambre de Mlle de la Terrade est de trop sur cette terre... Voici deux épées, monsieur : nous allons descendre dans mon parc : vous commencerez par moi; si le sort m'est contraire, vous continuerez avec mon fils... Veuillez seulement me faire connaître qui vous êtes.

— Qui je suis? répliqua avec hauteur le fiancé de Geneviève. Il ne me plaît pas de le dire à des hommes qui se conduisent aussi lâchement que vous le faites. Et je ne me battrai avec aucun de vous, car je ne me bats qu'avec mes pairs, c'est-à-dire avec des gentilshommes dignes de leur noblesse ; et vous ne l'êtes plus !... Quand on porte votre nom et qu'on songe à s'allier à un baron de Candia, on a démérité... Vous voulez sacrifier votre fille à vos intérêts, au rétablissement de votre fortune évanouie. Je ne le permettrai pas! J'hésitais jusqu'ici, je n'osais pas enlever à sa famille une enfant que j'aime par-dessus tout au monde; mais, devant votre conduite, je n'hésite plus. Voici ma femme! Je vous l'enlève! Geneviève!

La jeune fille bondit à son appel.

— Oui, déclara-t-elle, je suis prête à vous suivre!

Raymond se jeta alors brusquement sur le comte et lui arracha son épée.

— Et maintenant, s'écria le noble jeune homme, osez m'attaquer!

Et avant que les deux hommes fussent revenus de leur stupéfaction, Raymond, entraînant la jeune fille, avait disparu.

— Votre revolver, mon père! Votre revolver! hurlait Gaston furieux.

— Non, pas encore, tout n'est pas perdu. Descends du balcon par les troncs de lierre et attends-les sur la terrasse; je les poursuis!

Raymond et Geneviève étaient déjà dans le salon; mais ils perdirent quelques secondes en trébuchant sur des meubles. Et, quand ils arrivèrent enfin au dehors, Gaston, de nouveau, leur barrait le passage, et son épée effleura le visage de Raymond.

— Ah! si ce n'était votre frère!... murmura-t-il.

— Fuyons, je vous en supplie, bégayait Geneviève d'une voix éteinte, fuyons!

Il essaya de fuir et il espérait gagner la rampe opposée de la terrasse, quand le comte surgit derrière lui, braquant son revolver. Raymond sentit en ce moment que Geneviève s'alourdissait dans ses bras, que sa respiration s'arrêtait. Elle balbutiait :

— Raymond!... mon Raymond adoré, ils vont te massacrer...

Et, comme il dut faire un mouvement en arrière pour parer un coup droit de Gaston, Geneviève lui échappa. Et alors, malgré lui, un combat acharné s'engagea. Gaston s'était fougueusement précipité sur lui. Lui, rompait toujours, ne pouvant se résoudre à frapper le frère de sa fiancée. Il reculait pas à pas, entendant les encouragements que le comte adressait à son fils et qui l'exaspéraient. « Bien, mon enfant, tu le tiens... Tu vas nous venger de cet affront, nous délivrer de ce suborneur, de ce coureur de dot... » Puis, un ricanement sinistre... Raymond, en rompant, avait trouvé les premières marches de l'escalier, et il avait failli tomber à la renverse. Il reçut alors une première blessure, un coup au visage : en essayant de se retenir, il s'était jeté sur l'épée de Gaston... Il bondit en arrière, aveuglé par le sang.

— Lâche! tu fuis! cria Gaston. Lâche!... Lâche!

Dès ce moment, Raymond ne songea plus que son adversaire était le frère de Geneviève, et Gaston s'en aperçut bien vite. Raymond s'était remis en garde, au bas de la terrasse, attendant loyalement que son ennemi fût descendu.

Et ce fut aussitôt un corps à corps terrible, poitrine contre poitrine, bouche contre bouche, les épées tantôt levées, tantôt décrivant de fantastiques zigzags, mais sans jamais se quitter. Puis tous les deux se rejetaient en arrière pour se lancer encore l'un sur l'autre avec furie. Et pourtant aucun d'eux ne recevait de nouvelle blessure. Geneviève, se traînant sur les marches du perron, était descendue peu à peu; et, maintenant, elle rampait dans le jardin, proférant des plaintes lamentables. Elle finit par s'agenouiller à quelques pas d'eux, toute tordue par le désespoir, bégayant :

— Mais cessez... c'est affreux... c'est impie !...

En ce moment, Gaston faiblissait ; son adversaire, plus grand, l'écrasait, semblait prêt à tomber sur lui. D'une voix haletante, il appela :

— A moi, père !

Le comte s'élança au secours de son fils. — Il avait suivi le combat avec la sûreté d'un maître d'armes, ne craignant rien d'abord, s'imaginant que son fils était invincible dans ces corps à corps : et il aimait autant, à cause de sa fille, qu'il n'y eût pas matériellement crime, que le combat se terminât loyalement par la mort de l'adversaire de Gaston... Mais il ne pouvait hésiter plus longtemps : son fils allait succomber. Geneviève ferma les yeux en se renversant sur le sable. Le comte s'était avancé derrière Raymond ; il le frappa au-dessus de l'épaule, de son couteau de chasse... Un flot de sang jaillit sur la robe de Geneviève. Et Raymond s'abattit comme une masse, auprès de la jeune fille.

Tout d'abord, le comte et son fils, épouvantés, claquant des dents, demeurèrent immobiles ; Gaston laissa tomber son épée, le comte son couteau de chasse... Assassins ! Ils étaient des assassins !... Mais un bruit de portes qu'ils entendirent dans la villa rendit son horrible courage à Gaston, qui, saisissant son épée, en porta un coup en pleine poitrine à Raymond.

— Que fais-tu ? balbutia son père, encore terrifié.

— Eh ! ne faut-il pas, mon père, que, pour Geneviève, j'aie loyalement frappé mon adversaire en duel ? Votre coup de couteau, à vous, c'est pour la justice...

— Tu as raison... Mais que faire de ce cadavre ?

— Vous sentez-vous la force de rapporter Geneviève dans sa chambre ?

— Oui... j'essayerai, prononça le comte d'une voix à peine perceptible.

— Alors, je me charge de ce misérable...

— Oui... Va !... Moi, je n'ai plus de force...

Il éprouvait encore une défaillance. Cependant, il enleva Geneviève et, trébuchant à chaque marche, la porta dans sa chambre et l'étendit sur son lit. Et il tomba sur un siège, le regard fixe, la poitrine oppressée, essayant vainement de lutter contre sa terreur. Toute son énergie s'était évanouie avec ce coup si lâchement donné.

Gaston de la Terrade, lui, avait conservé son cynisme : il organisait rapidement la mise en scène du mensonge qu'il allait conter à la justice. Tout d'abord, il était allé reporter, dans la salle d'armes, l'épée que tenait Raymond. Et maintenant, en traînant le corps du malheureux vers le mur, il fouillait dans ses poches et en retirait un couteau.

— Bien, disait-il, le couteau... avec lequel il coupait les fleurs et les fruits qu'il nous volait...

Arrivé au pied du mur, il tâta le cœur de sa victime :

— Il ne bat plus...

Il jeta le corps par-dessus le mur; puis, tout couvert d'une froide sueur, il se retourna vers la villa.

— Personne encore, fit-il; mais ça ne va pas tarder...

En ce moment, il aperçut à terre une canne tombée.

— Oh! ceci est parfait... l'arme avec laquelle il nous menaçait...

Il courut la jeter au milieu de la mare de sang qui s'étendait devant la terrasse. Et, à quelques pas, il coupa des boutons dans un rosier et les laissa tomber sur la plate-bande avec le couteau de son adversaire. Deux fenêtres s'ouvrirent alors au-dessus de lui; et une voix angoissée interrogea :

— Mais qu'y a-t-il donc?

Mme Michelin, réveillée depuis quelques minutes, se hasardait à entr'ouvrir sa fenêtre et à demander ce qui se passait.

— Il y a, répondit Gaston que j'ai failli être assommé par le drôle qui nous volait nos fleurs et nos fruits. Veuillez donc, madame Michelin, prévenir mon valet de chambre, qui doit dormir comme une souche selon son habitude. Moi, je vais éveiller le jardinier.

— Et mademoiselle?

— Ne vous occupez pas d'elle, mon père est déjà allé la rassurer.

Bientôt, Mme Michelin, la cuisinière, le valet de chambre, le jardinier se rejoignaient sur la terrasse; et comme, à la lueur de la lune, ils distinguaient une mare de sang, le couteau du comte, l'épée de son fils, tous se mirent à trembler. Gaston haussa les épaules, et, d'un ton sévère :

— Au lieu de vous effrayer maintenant, vous auriez tous mieux fait de surveiller la maison. Allons, ne perdons pas une minute : vous, Bastien ! — il s'adressait à son valet de chambre, — attelez immédiatement ma charrette anglaise et filez à Saint-Denis ; vous en ramènerez le commissaire de police : dans une heure, vous pouvez être de retour ici… Vous, — il parlait au jardinier, — courez chez le médecin, quoique je croie que sa présence ne puisse être utile qu'à constater la mort de ce malheureux…

— Mort ! bégayèrent la gouvernante et les domestiques.

— Il a bien fallu que je me défende, répliqua tranquillement Gaston.

— Mais où est-il ? demanda le jardinier.

Le jeune homme les conduisit au bout du parc et leur montra le corps souillé de sang et de boue, étendu sur le chemin de halage. Puis il fit partir promptement le valet de chambre et le jardinier, sans leur donner de plus amples explications.

— Mon Dieu ! quel malheur ! bégayait Mme Michelin ; et comme Mademoiselle doit être troublée si elle sait !… Je vais la rejoindre, n'est-ce pas ?

— Non ! fit sèchement le vicomte ; je vous ai déjà dit que mon père était auprès d'elle… Occupez-vous seulement de préparer le salon de la villa pour recevoir la police : allumez plusieurs lampes…

— Mais… le corps de ce malheureux ?

— Ce n'est pas à nous d'y toucher, et il ne s'envolera pas… Je le surveillerai d'ailleurs. Allez !… Mais allez donc, morbleu !

Et il poussait les deux femmes ; il perdait soudain son calme. Là-bas, devant la terrasse, près du lieu du combat, il était maître de lui ; mais ici, au-dessus du malheureux si lâchement assassiné, il tremblait, tout son corps se couvrait de sueur, il se sentait brûlant et glacé. Il essaya de réagir, voulut se pencher… Ne devait-il pas s'habituer à regarder ce cadavre ?… Il n'osa pas pourtant ; et, tandis que Mme Michelin regagnait la maison, il se dirigea d'un pas très alourdi vers la salle d'armes. Il alluma une bougie, et aussitôt une nouvelle angoisse le saisit : l'épée de Raymond était accrochée devant lui toute sanglante. Il s'en empara nerveusement,

l'essuya avec son mouchoir, et, quand il l'eut remise en place,
tomba accablé sur le divan. Quelques instants s'écoulèrent.
Gaston avait honte de sa faiblesse; il prononçait, d'une voix
à peine perceptible :

Tout d'abord il était allé reporter l'épée
que tenait Raymond. (Page 22.)

—J'étais dans mon droit...
Je trouve un homme, chez
moi, la nuit... je le tue !...

Puis il monta, encore
bien tremblant, au pre-
mier étage et alla frapper
doucement à la porte de sa
sœur.

— Je t'attendais, dit son
père venant ouvrir.

— Tout est prêt. La jus-
tice peut arriver.

— Et ceci? fit le comte,
as-tu songé à ceci ?

Il lui tendait le peignoir
ensanglanté de Geneviève.
L'imminence du danger rendit son énergie à Gaston :
ce peignoir, souillé par le
sang de Raymond, c'était la
preuve que Geneviève avait
assisté au drame. Si l'on
apprenait cela, Geneviève
serait interrogée...

— Donnez, mon père! Il
faut, à tout prix, que, cette
nuit, Geneviève ne soit vue
par personne...

— Ne crains rien ; elle
est dans un tel état de pros
tration que nous n'avons rien à redouter d'elle en ce moment.

Gaston passa dans sa chambre, jeta le peignoir au fond de
la cheminée : puis, ayant versé dessus le contenu d'une lampe
à alcool, il y mit le feu. Quelques instants plus tard, ce n'était
plus qu'une pelletée de cendres. Alors, il respira, et, regardant
sa montre, il prononça :

— La police peut venir, maintenant !

V

LÉGITIME DÉFENSE

— En effet, dit le commissaire, j'avais même reçu à cet égard... (Page 28.)

Geneviève, en ce moment, sortait peu à peu de la longue prostration où elle était tombée. Elle entr'ouvrait furtivement les yeux, ne regardant rien, ne voyant pas son père qui, pourtant, guettait son réveil avec une affreuse anxiété; elle s'imaginait presque qu'elle avait rêvé, que son âme si craintive avait été la victime d'un horrible cauchemar... Mais soudain, elle sentit la main glacée de son père qui se posait timidement sur la sienne tandis que sa voix doucereuse prononçait avec émotion :

— Geneviève... Ma pauvre enfant !...

Il n'avait plus besoin en ce moment de jouer la comédie : tout ce qui restait de bon en lui s'était réveillé devant le spectacle de sa fille, étendue, brisée par le chagrin. Et avant qu'elle lui eût posé une question, il la prenait, la soulevait dans ses bras, la pressait contre son cœur, lui prodiguant sa tendresse avec un bien curieux mélange de vérité et d'hypocrisie.

— Pauvre enfant! Quel chagrin nous te causons!... Mais comprends combien nous avons souffert aussi!... Te voir compromise, perdue, toi notre bonheur, toi dont l'honneur nous est si cher... Tu as été bien coupable; mais je te pardonne, en raison de l'abominable désespoir que tu vas éprouver par nous...

Il ne faisait encore que de timides allusions au dénouement de ce drame; il voulait avoir reconquis sa fille avant de lui annoncer la terrible vérité.

— J'ai peut-être été un mauvais père, je n'ai pas su remplacer ta mère absente, éloigner de toi les idées pernicieuses... Et toi, pauvre innocente, tu étais livrée, sans défense, aux entreprises des audacieux...

— Mon père, balbutia-t-elle, interrompue presque à chaque mot par des hoquets, mon père, je vous en supplie, soyez bon, soyez indulgent pour lui...

— Quel était cet homme? osa alors demander le comte.

Geneviève lui jeta un regard affolé.

— Vous dites, mon père?

— Je voudrais savoir le nom de cet homme.

— Vous voulez dire : le nom que porte mon bien-aimé?

— Il ne le porte plus, hélas! prononça tristement le comte en baissant la tête.

— Dieu! est-ce possible! s'écria la jeune fille, d'une voix étranglée.

— Dans ce fatal duel, le sort lui a été contraire...

— Non, mon père, non! Il n'est pas possible qu'il soit mort... S'il est blessé, on pourra le sauver... Permettez-moi de courir auprès de lui, de le soigner...

Elle essayait de quitter son lit; le comte l'y maintint, doucement, mais fermement.

— Tu l'aimais donc bien follement?

Elle fixa sur son père des yeux éperdus, et tout son corps fut agité d'un glacial frisson; et elle bégayait :

— Mais que vais-je devenir, moi?... S'il est mort, je n'ai qu'à mourir, moi aussi, moi sa femme!...

— J'espère, interrompit le comte d'un ton sévère, que tu es trop innocente pour comprendre le sens de tes paroles !

Elle retomba sur son lit, épouvantée, comprenant au contraire combien sa faute était irréparable; et joignant les mains :

— Oh! je vous en supplie, mon père, dites-moi que mon bien-aimé n'est pas mort... Ce serait trop affreux de penser que le malheur de toute ma vie me viendrait de mon frère!...

Le comte se troubla un peu; puis, comme s'excusant et excusant son fils :

— C'est un malheur, un grand malheur, je le reconnais...
Peut-être aurions-nous dû dominer notre colère. Mais l'injure
faite à notre honneur, à notre famille, dans ce qu'elle a de
plus précieux, était trop sanglante; elle ne pouvait se laver
que dans le sang...

— Ainsi, c'est vrai !... Mon frère m'a tué mon époux !...
Mon Dieu, comment avez-vous pu permettre une chose semblable ?... Mon Dieu, si vous avez pitié de moi, prenez aussi
ma vie, je n'ai plus rien à faire en ce monde...

Et la malheureuse sanglotait, tordue par de longs spasmes,
s'arrachant des bras de son père qui essayait vainement de la
calmer, de la consoler.

— Non ! Laissez-moi, je vous en conjure, laissez-moi
seule... seule... seule !

En ce moment, la cloche de la grille retentit. Le comte
prononça, la gorge serrée :

— La police, sans doute !

— La police, mon père?

— N'avons-nous pas dû la prévenir, à la suite de ce
drame?...

— Dieu !... Mais on ne va pas m'interroger ? s'écria
Geneviève avec effarement.

— Non, rassure-toi, je saurai t'éviter tout ce qui pourrait
te torturer encore.

Il l'embrassa avec cet étrange mélange d'hypocrisie et de
sincérité qui, devant la douleur de sa fille, s'était emparé de
son âme. Et il descendit, tandis qu'elle demeurait étendue
sur sa petite couche, pleurant, pleurant encore, poussant des
plaintes informes et, de temps en temps, bégayant le nom du
bien-aimé.

Le comte rencontra, dans le salon de la villa, le commissaire de police de Saint-Denis, devant qui Gaston, avec un
grand calme, commençait déjà le récit du drame.

— Mon père, dit-il. — M. le commissaire de police de
Saint-Denis.

Les deux hommes s'inclinèrent ; et Gaston reprit :

— Je vous disais donc, monsieur, que, depuis près d'un
an, des rôdeurs s'introduisaient dans notre propriété, pour
dérober soit des fleurs, soit des fruits...

— En effet, interrompit le commissaire ; je crois même

avoir reçu, à cet égard, un rapport du garde champêtre d'Épinay...

— C'est un de ces gredins que nous avons trouvé en rentrant cette nuit ; et je crains que nous ne l'ayons gravement blessé. Mais, venez, monsieur, que je vous conduise auprès de ce malheureux.

Les trois hommes se rendirent vivement au fond du parc.

— C'est là qu'il est tombé, dit Gaston.

Et il se penchait par-dessus le mur ; mais il se releva aussitôt, tout tremblant, effroyablement pâle...

Le cadavre avait disparu.

— Qu'avez-vous ? demanda le commissaire de police.

— Rien... rien..., balbutia Gaston.

Et, se penchant de nouveau :

— C'était bien ici pourtant... Du reste, vous pouvez distinguer du sang au pied du mur...

— En effet, prononça lentement le magistrat.

— Et vous êtes certain que c'est ici ?... interrogea le commissaire toujours penché sur le mur et cherchant à droite et à gauche...

Gaston se mordit les lèvres jusqu'au sang et, articulant difficilement ses mots :

— Oui, c'est ici qu'il est tombé...

— Mais où l'avez-vous attaqué ?

— Devant notre terrasse...

Gaston ramena le magistrat près de la maison ; le comte suivait d'un pas d'automate, n'essayant même plus d'ajouter une parole à la déposition de son fils : la pensée que le bienaimé de sa fille avait pu échapper à la mort le terrassait. S'il s'était trouvé seul, il eût absolument perdu la tête. Mais Gaston n'avait que des défaillances momentanées ; et il établissait maintenant son récit avec les détails les plus précis :

— Tenez, voici, monsieur, le rosier sur lequel il était en train de couper des fleurs... Vous pouvez les voir à terre...

— Et voici son couteau, dit le magistrat en se baissant.

Il ramassait le couteau que Gaston avait enlevé de la poche de son adversaire. Le vol se trouvait bien nettement établi.

— Notre pensée, continuait Gaston, était de nous emparer simplement de lui ; mais quand, après nous être armés, nous avons voulu l'entourer, mon père et moi, il a pris sa canne, qui était déposée à terre auprès de lui, et il nous a pour ainsi dire attaqués le premier... Malgré mon habitude de l'escrime, j'ai failli recevoir un coup terrible...

— Il est surprenant qu'il n'eût pas plutôt un couteau, un de ces larges couteaux de rôdeur, ou un revolver...

— Ah! je vous jure bien que sa canne était une arme autrement redoutable entre ses mains... La voici, d'ailleurs.

Du bout des doigts, il la ramassait au milieu de la mare de sang qui s'étendait devant la terrasse.

— C'est juste, dit le commissaire, posant la canne plombée.

— Et, un instant, je me suis cru perdu... Sans mon père...

Gaston jetait un regard énergique au comte de la Terrade; celui-ci parvint à dominer son effroi et dit :

— Mon fils pliait... Et pourtant, il me répugnait de frapper cet homme par derrière... En outre, c'était un tel corps à corps, et j'étais si ému, que je tremblais de mal diriger ma main... J'ai frappé cependant... C'est tout ce dont je me souviens...

— Mais si vous l'avez frappé ici, comment a-t-il pu gagner le mur?

Gaston répondit, pesant bien ses paroles :

— Il a chancelé d'abord... Je crois même qu'il a dû tomber... là, devant vous... Moi, j'avais les yeux obscurcis... Je me suis battu plusieurs fois en duel, mais jamais je n'avais éprouvé une telle angoisse... Je crois bien que j'avais dû le frapper, moi aussi, au même instant que mon père... Quand je suis redevenu maître de moi, ce malheureux fuyait... Je n'ai osé le poursuivre qu'au bout de quelques secondes... Il était déjà au fond du parc... Il passait par-dessus le mur... et il est tombé raide à l'endroit que vous avez examiné tout à l'heure. Que sera-t-il devenu? Avait-il des complices qui l'auront enlevé?... Aura-t-il roulé machinalement jusqu'à la Seine?

— C'est ce dont nous allons nous assurer, monsieur, dit le magistrat; nous interrogerons ensuite vos gens.

Comme les trois hommes s'éloignaient, le jardinier arrivait, ramenant un médecin.

— Il semblerait, lui dit le commissaire, qu'on vous ait dérangé inutilement; mais je vous prie de vouloir bien nous suivre.

Après quelques mots d'explication, tout ce monde traversa le parc et, par un petit escalier de service, gagna le chemin de halage.

Le soleil n'était pas encore levé; mais la clarté du jour augmentait de minute en minute, permettant de rechercher les moindres traces sur la route, tout humide d'une rosée blanche.

— Avançons doucement, messieurs, dit le magistrat.

Et il marchait à demi courbé, les yeux obstinément fixés à terre.

— Rien, murmurait-il, rien... Si l'on est venu au secours du blessé, ce n'est certainement pas de ce côté...

Il arrivait à l'endroit où Raymond avait été précipité par le frère de Geneviève.

— C'est bien ici qu'il est tombé... Le doute est impossible, voici les traces de sang sur le mur, cette grosse tache au pied... Veuillez m'attendre ici, messieurs, et ne pas piétiner autour de cette tache.

Lui la dépassa, marcha une cinquantaine de mètres, toujours courbé.

— Rien encore, dit-il en revenant : partout la couche de rosée est intacte, il n'y a aucune herbe de foulée sur les bords, aucune marque sur le chemin. C'est par la Seine... ou dans la Seine que le blessé a disparu.

Il examina le chemin, l'herbe qui, là, était très foulée, même un peu arrachée... Les taches sanglantes se continuaient sur la berge, jusqu'au ras de l'eau. Mais aucune trace de pas, ce qui semblait indiquer que le blessé avait inconsciemment roulé dans le fleuve.

— A moins, dit Gaston, que ses complices ne l'aient traîné derrière eux ; et, dans ce cas, le corps aurait effacé les traces de leurs pas... Si nous explorions immédiatement le fleuve ? J'ai mon canot à quelques mètres...

Le commissaire accepta avec empressement. Gaston et le jardinier allèrent détacher le canot de son embarcadère et le conduisirent devant le magistrat, qui y monta avec eux. Et avec une gaffe, ils se mirent à explorer le fond du fleuve, en face de l'endroit où il était présumable que le blessé avait dû tomber. Et, comme ils ne trouvaient rien, ils allèrent plus loin, ils traversèrent le fleuve. Et ils revinrent enfin, sans avoir obtenu le moindre résultat. — Ou le blessé avait été enlevé

par des complices, ou, ce qui paraissait plus plausible, il
avait roulé, machinalement, était tombé dans la Seine, et le
courant l'avait emporté... à moins qu'il ne fût enlacé au fond
par les herbes.

.•.

... Cachée derrière un rideau, Geneviève, depuis quelques
instants, assistait à ces allées et venues, à cette enquête.
Elle avait vu tous ces hommes descendre sur la route, et elle
s'imaginait qu'on allait remonter le cadavre du bien-aimé :
c'eût été sa consolation suprême que d'aller secrètement
pleurer sur lui... Et puis, un dernier espoir restait au fond de
son cœur, c'est que les blessures de Raymond pouvaient n'être
pas mortelles ; et la science accomplit de tels prodiges
aujourd'hui !... Quand elle vit le commissaire et Gaston et le
comte, puis le médecin, le jardinier remonter dans le parc, et
tous semblant stupéfaits, son espoir grandit... Oh ! comme
elle aurait voulu descendre, demander des explications !...
Elle pressentait la vérité : on avait cru son bien-aimé frappé
à mort ; mais il avait résisté et, revenu à lui, il avait pu s'enfuir, se traîner loin de cette maison maudite...

VI

LE PÈRE ET LA FILLE

Et alors, elle tomba à genoux au milieu de sa chambre,
soudain baignée de soleil ; et, les mains jointes, ne pleurant
plus, s'abandonnant à l'espérance, elle pria, longtemps,
longtemps, suppliant Dieu, s'imaginant qu'il l'écoutait, qu'il
avait exaucé ses chers désirs... Pouvait-elle désespérer quand
elle sentait la vie pénétrer si triomphalement dans sa chambrette avec le soleil, avec le parfum de ses fleurs, l'odeur

de son parc et cet air si doux qui se purifiait encore dans les feuillages?

— Oh! non, non! Dieu ne peut pas permettre que mon bien-aimé soit mort... Mais que mon père tarde à venir me retrouver! Oh! Si j'avais le courage d'aller demander?

Mais elle n'osait pas sortir de chez elle.

Elle entendit enfin des pas dans l'escalier.

— C'est lui!

Et, le visage tout angoissé, elle sortit et courut au-devant du comte.

Gaston, qui marchait auprès de son père, s'arrêta net : il avait peur, comme il avait eu peur devant son adversaire étendu. Le comte le poussa; et Gaston, le premier, affectant beaucoup de tendresse, alla embrasser sa sœur. Et il dit :

— Pardonne-moi... Je suis désespéré de n'avoir pas su dominer mon emportement...

Elle ne répondit rien, ne rendit pas son baiser à son frère : elle se sentait toute glacée, et il lui semblait que le plancher s'effondrait sous elle.

Déjà Gaston s'était retiré, et le comte la ramenait, l'entraînait plutôt, dans sa chambre; et, des yeux, elle l'interrogeait avec épouvante. Il la fit asseoir dans un grand fauteuil; et, se mettant sur une chaise en face d'elle, il lui prit les mains :

— Ma pauvre enfant, tout est accompli... Le malheureux que tu as aimé...

Il s'arrêta tout tremblant; il s'attendait à une crise de larmes, et Geneviève demeurait immobile, toute raide. Il reprit nerveusement :

— Ce jeune homme est mort... Et, au cas où de nouvelles complications se produiraient, il faut que tu me dises son nom...

Alors, elle eut une explosion de violence :

— Son nom! Il est plus grand que le vôtre, mon père; mais je ne consentirai à vous le dire que lorsque je saurai les explications que vous avez données à la justice pour justifier votre conduite...

— Te permettrais-tu donc de me juger?... répliqua le comte avec une colère soudaine.

Mais il se calma aussitôt : ce n'était plus par la colère qu'il obtiendrait de sa fille l'oubli de son amour, le sacrifice d'elle-même.

— Mes explications à la justice ont été bien simples : je trouve un inconnu dans ma propriété, la nuit ; je le tue ! Que faisait-il chez moi ? Les rapports de police auront l'indulgence de déclarer que c'était... quelque vagabond...

— Oh ! mon père !

— Préférerais-tu que la réputation de Mlle de la Terrade soit à jamais ternie ?... Quant à ce malheureux, dont des amis mystérieux ont sans doute enlevé le cadavre, on déclarera qu'il a coulé dans la Seine, que le courant l'a emporté...

— Mort ! prononça Geneviève d'une voix éteinte. Vous êtes bien certain, mon père ?...

— Quand il a été étendu, tout sanglant, auprès de toi, ma colère s'est bien vite évanouie : j'aurais voulu le soigner, le sauver... Il était froid, son cœur ne battait plus... Nous l'avons porté sur la route, pour qu'on ne le trouve pas chez nous... Et, quoique la police admette qu'il ait roulé dans la Seine, je suis persuadé qu'on l'a discrètement emporté et que sa famille, ses amis sauront nous éviter un inutile scandale... Je te laisse libre, maintenant, de me dire ou de ne pas me dire son nom...

Geneviève secoua la tête. Non ! Elle ne dirait rien ! Pouvait-elle trahir ce nom que des rapports de police allaient déshonorer ? Du moins elle attendrait, elle réfléchirait...

En ce moment, elle n'était plus capable que de pleurer : de nouveau des larmes coulaient sur ses joues, de grosses larmes qui se formaient une à une au coin des yeux et descendaient, lentement, tombaient sur son corsage.

— Geneviève, s'écria alors brusquement le comte, je suis perdu, et toi seule peux me sauver !

— Que me dites-vous ? répliqua vivement Geneviève s'oubliant elle-même ; vous êtes perdu... et je puis vous sauver... moi ?

Avant de lui répondre, il la prit dans ses bras et la serra avec effusion sur sa poitrine ; puis :

— J'ai toujours été malheureux, s'écria-t-il, avec un bel accent de sincérité. Je suis une victime de l'état abominable où se trouve la noblesse... Nous sommes les ruines d'un monde ancien ; et les usages, les préjugés, l'opinion qu'on a de nous nous empêchent de faire partie du monde nouveau... Quand j'ai hérité de mon père, on me croyait riche, et j'étais déjà ruiné : ma fortune était grande, mais grevée de telles obligations que j'aurais préféré avoir tout bonnement vingt-

cinq à trente bonne mille livres de rente que les cent mille
qui m'étaient laissées... J'avais compris cela : tout jeune,
j'aurais désiré travailler, ne pas vivre en inutile. On ne peut,
hélas! remonter le courant. Mon père ne reconnaissait que
trois métiers dignes d'un gentilhomme : soldat, prêtre ou
agriculteur! Soldat, je l'avais été, quelques années; agriculteur, nous l'étions, puisque nous possédions de grandes pro-
priétés, qui nous coûtaient d'ailleurs beaucoup plus d'argent
qu'elles ne nous en rapportaient... Mon père s'opposa à ce
que j'entreprisse la moindre affaire; et je dus assister, impassible, à l'émiettement de notre fortune.

Le comte négligeait d'ajouter qu'il avait largement contri-
bué à l'émiettement de cette fortune et que, jusqu'à son
premier mariage, son père avait consacré presque tous ses
revenus au paiement de ses dettes.

— Cela dura jusqu'à mon mariage avec celle qui devait
être la mère de Gaston. Elle m'apporta une assez belle dot;
mais sa famille vivait dans les mêmes errements que la
mienne, je connaissais assez peu la valeur de l'argent, ma
première femme ne la connaissait pas du tout... Quand elle
mourut, nous avions follement dilapidé ce que nous possédions l'un et l'autre. Gaston hérita de la fortune de ses grands-
parents; mais on me la confia... retiens bien ce point...

Geneviève dévisageait son père avec stupéfaction, choquée
d'entendre uniquement parler de fortune, d'argent, lorsque
son âme était envahie par le plus mortel chagrin. Le comte
poursuivait :

— Je me remariai, non pour chercher de la fortune, mais
pour donner une mère à Gaston. Ta mère fut parfaite pour
son beau-fils; jamais elle ne fit de différence entre ses deux
enfants, et pendant longtemps tu ignoras que Gaston n'était
que ton demi-frère...

— C'est bien vrai, murmura Geneviève. Ma mère était si
bonne!

— Oui, très bonne! Je vois que tu te souviens d'elle,
quoique tu fusses bien jeune quand nous eûmes le malheur
de la perdre. Tu dois te souvenir, de même, des cruelles
années qui précédèrent sa mort, des désastres qui fondirent
sur nous?...

— Oui, oui, je me souviens...

— Je ne t'en ai jamais parlé, je jugeais inutile de trop

attrister ta jeunesse ; mais le moment est venu de te dévoiler que la source de tous ces ennuis se trouvait dans les déplorables spéculations auxquelles se livra ton grand-père, c'est à dire le père de ta mère.

— Pauvre bon papa ! murmura Geneviève, revoyant sa tête grave, préoccupée, encadrée de longs favoris blancs.

— Ton grand-père était banquier, et jusqu'au moment où je devins son beau-fils, il n'avait traité que les affaires les plus régulières, les plus honnêtes... Malheureusement pour nous, il écouta des conseils funestes...

Le comte ne disait pas que ces conseils étaient venus de lui.

— Or, j'avais eu l'imprudence de mettre dans la maison de ton grand-père la fortune personnelle de Gaston : elle fut engloutie dans la catastrophe finale...

Comment Geneviève aurait-elle pu deviner que tout ceci n'était qu'un tissu de mensonges ? Elle n'avait jamais entendu parler de la situation de fortune de sa famille : elle savait seulement qu'à la suite de grosses pertes à la Bourse, il avait fallu quitter Paris, se retirer, pour vivre plus modestement, à Épinay ; et là, son grand-père était mort d'humiliation et sa mère de chagrin... Jamais on ne lui avait expliqué la catastrophe ; jamais, devant elle, on ne s'était permis de juger son père : toujours elle avait ignoré que sa mère était morte victime d'un de ces mariages, hélas ! si fréquents, où les fortunes lentement amassées luttent en vain contre l'appétit des fils de grandes familles déchues. Et les explications que lui donnait aujourd'hui le comte, elle les acceptait comme l'exacte vérité ; et, dans son esprit rigoureusement honnête, se formait déjà l'idée qu'elle devait une réparation à son père, à Gaston surtout, puisque la famille de sa mère les avait ruinés.

Et elle dit :

— Ne suis-je pas l'unique héritière de ma tante, Mme du Baudan, la sœur de ma mère ?

— Ne nous égarons pas dans des hypothèses extravagantes ! interrompit le comte, avec un rire amer. Ta tante est si peu ta parente par le cœur que, tout naturellement, tu l'appelles Mme du Baudan, au lieu de dire : tante Aline ! Je ne connais pas d'ailleurs de plus parfaite égoïste que ma chère belle-sœur : elle est fort riche et n'a jamais consenti, même dans nos plus rudes moments, à nous venir en aide ; elle l'aurait pu pourtant, veuve et sans enfants, et possédant toute sa fortune en capitaux !... Mais elle n'aime qu'une chose au monde, elle-même ! Non ! Ce n'est ni la tante du Baudan ni sa fortune qui peuvent nous sauver. C'est toi-même !

Et alors elle tomba à genoux au milieu de la chambre et, les mains jointes... (Page 31.)

— Que puis-je faire, moi ? balbutia Geneviève avec angoisse.
— Je n'insisterai pas en détail sur notre situation actuelle. Quelques mots seulement : nous ne possédons plus que cette propriété d'Épinay, et elle est à moitié mangée par le Crédit Foncier. Ton grand-père et ta mère m'ont laissé, en mourant,

dans de tels embarras, que ma vie, depuis dix ans, n'a été qu'un enfer ! Gaston a eu, heureusement, la générosité de ne pas exiger encore ses comptes de tutelle ; s'il l'eût fait, j'aurais déjà sombré... Et, après dix années de lutte, je suis à la veille d'un désastre terrible où sombreraient non plus seulement notre situation, mais notre famille, notre nom !

Et le comte ajouta, avec un parfait accent de désespoir :

— Un désastre auquel je ne survivrais pas !

Geneviève, profondément attendrie, embrassa son père avec une grande émotion. Et lui, continuait, d'une voix mouillée de larmes :

— Je sais combien tu es grande et bonne, en tout semblable à ta chère mère, et je n'hésite pas à te demander le sacrifice de toi-même... Je ne dis plus : le sacrifice de ton amour, puisque ton amour est mort. Ah ! si tu n'avais pas manqué de confiance en moi, si tu m'avais ouvert tout ton cœur, peut-être aurais-

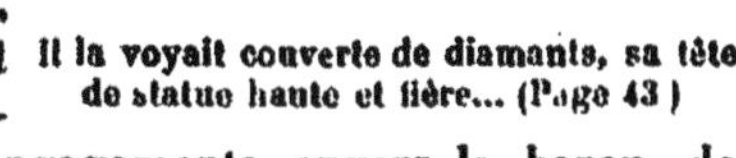

Il la voyait couverte de diamants, sa tête de statue haute et fière... (Page 43)

je hésité à prendre des engagements envers le baron de Candia ; mais, ces engagements, rien ne saurait désormais t'empêcher de les tenir, et tu les tiendras, puisque tu veux me sauver, et que, par le baron de Candia, tu me sauveras !

— Oh ! mon père, me parler de cet homme en un semblable moment !

— Geneviève, je respecte ton chagrin ; mais les échéances n'attendent pas...

— Qu'est-ce donc que ce baron de Candia ? prononça la jeune fille avec déjà une nuance de résignation.

Le comte eut un imperceptible sourire; il pouvait, maintenant, dévoiler tranquillement ses projets.

— Le baron, dit-il, n'est pas d'une illustre origine, et il ne doit sa noblesse qu'à lui-même... Il a été fait baron à la suite d'importants services rendus à un gouvernement étranger. C'est un homme d'une haute intelligence, aux idées larges, généreuses, aux conceptions hardies. Je le suis, depuis ses débuts dans les grandes affaires, et je l'ai toujours trouvé d'une correction parfaite... Il a déjà acquis une grande fortune...

— Mais, mon père, si cet homme est si riche, pourquoi voudrait-il épouser une pauvre fille telle que moi?...

— Le baron n'ignore rien de l'état de notre fortune, ce qui te prouve sa générosité. Il pourrait facilement entrer dans une famille aussi riche que lui, épouser une belle dot; mais ce qu'il veut, c'est une femme et une alliance dignes de lui, de son avenir. Et il m'a avoué qu'il cherchait une personne de grande famille qui lui ouvre le monde, le vrai monde; car, malgré la déchéance de la noblesse, personne ne se croit entièrement arrivé tant qu'il n'a pas pénétré dans le Faubourg : ton mari te donnera la fortune et tirera généreusement son beau-père des embarras où il se débat depuis dix ans ; toi, tu donneras à ton mari les grandes relations qui lui manquent... Et, de cette association loyale, naîtra peu à peu, je n'en doute pas, un bonheur durable, certain...

— Le bonheur ! s'écria amèrement Geneviève, il n'en est plus pour moi sur terre...

Elle fixait un regard égaré sur son père.

— Je me demande si j'ai bien compris ce que vous venez de me dire... Je voudrais tant vous prouver mon amour, mon dévouement !... S'il ne s'agissait que du sacrifice de la part de fortune qui peut me revenir en ce monde, ah ! il serait bien vite fait !... Mais me donner, moi, moi qui ne peux êtreà aucun autre qu'à celui que j'ai aimé !... Non, non, je ne puis m'habituer à une semblable pensée !... Ayez pitié de moi !...

— Il le faut, ma pauvre enfant... du moins si tu aimes ton père !

— Mon Dieu ! mon Dieu ! bégaya Geneviève.

Son cœur se révoltait. Et pourtant, son esprit droit, son âme faite de dévouement admettaient l'idée du sacrifice :

n'était-elle pas une veuve, libre d'elle-même ? Et son devoir envers sa famille, si rigoureux qu'il fût, n'était-il pas tout tracé ?...

— Mon père, laissez-moi cette journée pour mon abominable chagrin... Permettez-moi de réfléchir un peu, de me reprendre... Demain, vous saurez si j'ai assez de courage pour que vous puissiez compter sur moi...

— Demain, le baron de Candia viendra ici te demander respectueusement l'autorisation de te faire sa cour. Réfléchis encore une journée puisque tu le désires ; mais je ne doute plus maintenant de la réponse que j'ai à attendre de toi. A demain.

Il embrassa très tendrement sa fille, puis se retira.

Et il pénétra dans la chambre de son fils, qui attendait avec angoisse.

— Eh bien, mon père ?

— Je crois, répondit triomphalement le comte, que, cette fois, nous tenons la victoire. Tu vas partir pour Paris et tu préviendras Candia que Mlle de la Terrade est un peu secouée par un fâcheux incident qui est survenu ici cette nuit, et que nous remettons l'entrevue à demain. Demande aussi à ma belle-sœur, Mme du Baudan, de passer cette journée avec nous; ses conseils de parfaite égoïste ne nous seront pas inutiles pour décider complètement Geneviève. Va !... Moi, je reste ici pour faire face à tout.

Le lendemain, Geneviève, qui n'avait pas dormi une seconde de toute la nuit, voyait son père entrer chez elle au milieu de la matinée.

Il ne lui demanda pas si elle avait pris une décision. Il dit simplement, comme si tout était déjà réglé :

— Ta tante et le baron vont arriver dans quelques instants, es-tu prête ?

Elle ne répondit pas ; elle se sentait toute glacée. Elle suivit docilement son père.

Comme ils descendaient dans le parc, Gaston faisait ouvrir les deux battants de la grande porte ; et bientôt un fringant équipage entrait chez le comte de la Terrade. Un homme de haute taille, sec, énergique, très brun, en descendit.

— Ton mari ! prononça lentement le comte.

VII

LE BARON DE CANDIA

Personne, à Paris, ne connaissait les origines exactes du baron de Candia.

Il était entré, quelques années auparavant, comme un triomphateur, dans le monde de la Bourse et des affaires, et s'était aussitôt lancé dans de hardies spéculations, dont pas une n'avait échoué. Il était déjà baron de Candia, mais ne faisait aucune difficulté de reconnaître que son titre avait été le paiement d'un service rendu à un gouvernement embarrassé ; il consentait même à dire que sa fortune ne lui venait que de lui-même ; mais là s'arrêtaient les renseignements qu'on pouvait réunir sur ce bel aventurier.

Il était élégant, mince, nerveux, et l'exercice continuel de l'équitation et de l'escrime lui avait donné la souplesse qui lui manquait lors de son arrivée à Paris ; car on se le rappelait un peu rude d'aspect lorsqu'il avait paru pour la première fois à la Bourse, avec des allures de montagnard dégrossi par l'argent. Mais cinq ou six ans de Paris l'avaient affiné au point d'en faire un juge des choses de l'élégance. Son visage était beau, d'une beauté classique ; son teint mat, légèrement olivâtre ; ses yeux très grands, très noirs, ombragés de cils nettement dessinés, se rejoignant presque au-dessus du nez ; son nez était long, un peu arqué, ses lèvres très rouges. Il avait une chevelure lourde, ondulée, d'un noir bleuté, et une barbe assez longue, douce, fine.

Il respirait la force, l'audace, les aventures, semblable aux condottieri des époques les plus orageuses de l'Italie : il était né d'ailleurs sur la frontière franco-italienne, avant l'annexion du comté de Nice.

Le comte de la Terrade le présenta en ces termes à Geneviève :

— Un ami bien cher, le baron de Candia.

Le baron fixa un long regard sur la jeune fille ; puis, s'inclinant :

— Je suis profondément honoré, mademoiselle, d'être reçu par vous.

Elle voulut répondre quelques mots de politesse banale... Et sa gorge se serra. Cet homme l'épouvantait.

— Ah ! voici ma tante, fit-elle, comme heureuse de se dégager.

Et elle courut au-devant de Mme du Baudan, dont le coupé entrait dans le parc.

Mme du Baudan l'embrassa à peine.

— Pardon, petite, laisse-moi voir... Tout à l'heure, j'ai cru qu'un de mes chevaux boitait.

Elle salua son beau-frère et Gaston d'un petit geste léger, puis examina méticuleusement ses bêtes. Le comte dit, en souriant, à Candia :

— Songez donc ! Si un de ses chevaux boitait réellement et la jetait dans un fossé en rentrant à Paris !

— Bah ! fit Gaston en haussant les épaules, elle n'aurait rien à craindre, elle est trop bien rembourrée pour cela !

Mme du Baudan était une petite personne, jadis toute mignonne, maintenant très rondelette et toujours fraîche, rosée comme un poupon, potelée. Ce matin, quoique l'atmosphère fût douce, elle arrivait emmitouflée dans ses fourrures.

— Ah ! mon cher ami, dit-elle en serrant enfin la main au comte de la Terrade, si ce n'était pour la famille, on ne m'aurait pas fait mettre le nez hors de Paris aujourd'hui... D'autant que cette abominable route de Saint-Denis, avec ses usines qui vous enfument, vous empestent, me porte absolument sur les nerfs...

— Comment va votre maladie nerveuse ? interrogea ironiquement le comte.

Mme du Baudan abusait un peu de ses nerfs, dès qu'elle voulait s'éviter des ennuis, des émotions !

— Oui, oui, moquez-vous de mes nerfs, fit-elle ; si je ne prenais mes précautions, il y a longtemps que j'aurais laissé ma fortune à Geneviève... ce dont je n'ai pas la moindre envie. Bonjour, Gaston... Bonjour, monsieur...

— Le baron de Candia! dit le comte.

— Ah! parfaitement! prononça Mme du Baudan avec un geste de satisfaction.

Et elle tendit cordialement la main au baron, qui la baisa très galamment.

— Mais, avant d'entrer dans votre maison, interrogea-t-elle, vous m'affirmez, mon cher ami, que je ne vais trouver aucune trace des abominations qui se sont passées ici l'autre nuit?...

Geneviève chancela; et, tandis que les invités de son père gagnaient la villa, elle demeura un peu en arrière, serrant dans ses mains sa poitrine qui battait à grands coups.

— Je vous en prie, disait le comte à voix basse à sa belle-sœur, pas un mot, pas la moindre allusion à ce drame devant Geneviève! Elle en est encore toute bouleversée!

— Ah! je comprends cela, moi! J'en aurais été dans mon lit pour huit jours... Des gens qui entrent chez vous sous prétexte de couper des fleurs... C'est qu'ils seraient parfaitement capables de vous couper la gorge! Enfin, vous avez expédié celui-là dans l'autre monde, vous avez bien fait!... Or çà, nous mettons-nous à table?

Le baron de Candia examinait en souriant cette petite personne égoïste, exubérante de santé, « sa future tante »!

La parente à héritage, se disait-il. — Mais à en juger par sa belle mine, un héritage dont ses enfants jouiraient à peine.

Que lui importait, d'ailleurs? Ce n'est pas de l'argent qu'il venait chercher dans cette maison! Il commençait à se lasser des hommages, à peu près salariés, de sa petite cour, de la considération uniquement causée par son succès, par sa fortune, des amitiés récoltées dans les cercles, à la suite de services d'argent, des adorations tarifées des petites actrices et des grandes élégantes. Il voulait pénétrer dans la grande aristocratie, dans cette société que nulle déchéance n'a pu empêcher de briller au premier rang, dans ce « Faubourg » qu'il frôlait sans cesse et que, pourtant, il voyait encore miroiter si loin de lui!... Il connaissait bien des hommes de ce monde, il les rencontrait au cercle, aux courses; mais les femmes, les vraies reines de Paris, semblaient l'ignorer. Et il sentait bien qu'il n'arriverait sur cette scène que s'il y était poussé par une illustre alliance. Depuis un an, il cherchait parmi les familles effondrées, et son choix avait été fait, dès que M. de la Terrade avait eu l'habileté de lui montrer sa fille. Un soir, le comte, sans donner à Geneviève d'autre motif que le désir de la distraire, l'avait conduite à la Comédie, et Candia l'avait amoureusement examinée. Dès cette soirée, il l'avait proclamée la plus belle des Parisiennes. Et cependant, il la trouvait encore plus séduisante, dans ce cadre de campagne, au milieu de cette verdure, de ces fleurs qui l'enveloppaient de leur grâce, de leur parfum. Il songeait déjà :

— Ma femme... Oui, ma femme!

Quelles que fussent les exigences du comte de la Terrade, Geneviève serait à lui, et il s'estimerait heureux de la servir chevaleresquement, de la traiter en reine, de lui donner un palais. Son imagination rapide rejetait déjà l'hôtel où il vivait et qui était pourtant une petite merveille; à une telle femme, il faudrait une demeure seigneuriale; pour elle, il décuplerait sa fortune. Il se la figurait recevant tout Paris dans de vastes salons, reine par la beauté encore plus que par l'argent; il la voyait couverte de diamants, sa tête de statue haute et fière sur d'éblouissantes épaules; ses yeux de grand viveur devinaient, sous sa simple robe noire, les formes encore un peu graciles, mais si pures, si harmonieuses... Et il jouissait de cette éclatante carnation, de cette peau laiteuse, à laquelle le chagrin, l'angoisse donnaient, ce jour-là, une fébrile animation. Il trouvait naturel qu'elle fût émue, inquiète; et, dans son orgueil de conquérant, il lui en avait presque de la reconnaissance. Il s'imaginait qu'il caressait sa chevelure, lourdement relevée sur le haut de la tête, dégageant bien la nuque, une chevelure ondoyante d'une teinte générale un peu brune, mais rehaussée de tons rouges et dorés; et déjà il aurait voulu dévorer de baisers ce visage si noble, si parfait, ce front haut et intelligent, ces yeux d'un bleu profond, et unir ses lèvres ardentes à la bouche fière et gracieuse de la jeune fille.

On se mit à table; et, pendant tout le repas, Candia ne prononça que quelques paroles, laissant le comte de la Terrade se moquer de sa belle-sœur, qui lui répondait vertement. Il ne cessait pas d'admirer Geneviève. Plusieurs fois, Mme du Baudan voulut le consulter sur des affaires de Bourse, des petites spéculations à tenter.

— Je verrai, répondait Candia, je ne donne jamais de conseil sans réfléchir.

Et, comme Mme du Baudan insistait, se plaignant de la diminution constante des revenus :

— Madame, j'oublie la Bourse dès que je l'ai quittée. Et il y a, d'ailleurs, des moments dans la vie où l'on oublie tout, pour ne songer qu'à l'heure présente.

Geneviève rougit violemment, puis devint très pâle, et elle dirigea maladroitement la fin du repas. Et, dès qu'elle eut fait servir le café sur la terrasse de la villa et que les hommes allumèrent leur cigare, elle dit qu'elle allait cueillir un bouquet pour sa tante et s'enfuit.

Un long silence avait suivi son départ : le comte, son fils et Candia s'enveloppaient de fumée, immobiles, perdus dans leurs réflexions, M. de la Terrade et Gaston prenant cet éloignement subit pour un essai de résistance, le baron n'y voyant au contraire qu'un excès de timidité et de pudeur, mais aussi gêné, aussi anxieux que ses amis. Seule, Mme du Baudan conservait sa parfaite quiétude et buvait lentement son café. Elle finit par demander, aussi gravement que s'il se fût agi d'une question capitale :

— Vous le faites toujours dans des cafetières russes... qui n'ont d'ailleurs rien de russe?... Moi, j'en reviens à la bonne petite cafetière de terre de nos aïeux ; c'est bourgeois, mais c'est encore ce qu'il y a de mieux... Donnez-moi donc un tout petit verre de kummel ; ça, c'est du vrai russe...

Gaston et son père étaient si préoccupés que Candia servit sa liqueur à la baronne.

— Là, fit-elle gracieusement, vous me courtisez déjà... Très bien, mon futur neveu !

Cette reconnaissance un peu prématurée de sa situation de fiancé bouleversa à tel point Candia qu'il rougit comme un enfant.

— Pas encore, murmura-t-il avec embarras.

— Oh ! ne vous étonnez pas ; j'ai l'habitude de mettre les pieds dans le plat, et c'est pour cela que je vais vous faire tout de suite ma petite profession de foi. J'ignore ce que mon beau-frère donnera à sa fille, ça ne me regarde pas ; de moi, vous aurez des diamants et des souhaits de bonheur pour l'instant... Quant à ma fortune, elle suffit bien juste à l'entretien de mon bien-être ; je ne pourrai donc rien en détacher pour ma nièce... Mais, à ma mort, elle héritera sûrement. Pour être complètement honnête, j'ajoute que je me porte comme un chêne et que je ne désespère pas d'embrasser mes arrière-petits-neveux.

Candia plissa dédaigneusement les lèvres. Et Mme du Baudan ajouta :

— Vous êtes assez riche pour vous moquer de ma fortune? Tant mieux! Mais j'aime les situations nettes. A part cela, mon cher, ma nièce est un trésor.

— Permettez-moi alors, dit Candia, d'aller chercher ce trésor dans son écrin de verdure.

Il n'attendit aucune réponse et descendit dans le parc; mais, en arrivant au berceau où il avait vu disparaître Geneviève, il s'arrêta, surpris d'être ému. Les plus grands viveurs ont un respect inné pour les jeunes filles qu'ils croient vraiment chastes; et celle-ci lui semblait divinement pure, ignorante du monde, du siècle, puisqu'elle avait toujours vécu dans la solitude de cette maison. Il s'avança doucement et trouva Geneviève accoudée au mur, contemplant les bords de la Seine.

Elle se redressa, effarouchée, et sortit bien vite de ce berceau où, jadis, elle attendait le bien-aimé; c'eût été, pour elle, une sorte de profanation que d'y laisser pénétrer le baron de Candia.

— Eh bien? Et ce bouquet? interrogea-t-il gentiment. J'ai besoin de faire ma cour à madame votre tante; me permettrez-vous de le cueillir avec vous?

Oh! comme elle aurait voulu s'enfuir encore, échapper à cet homme qui lui semblait un oiseau de proie! Mais, d'un regard rapide jeté vers la terrasse, elle aperçut le comte qui la surveillait ardemment, qui lui jetait l'ordre d'obéir docilement aux instructions reçues... Et elle obéit, sentant la volonté de son père peser sur elle. Elle alla vers les massifs et, les mains tremblantes, fit un bouquet. Candia ne prononçait plus une parole; il se contentait d'aider discrètement la jeune fille, d'écarter les branches épineuses, de pencher les arbustes pour que Geneviève atteignît facilement les fleurs. Une pensée tomba, une large pensée de pourpre et d'or sur un fond de velours sombre. Il la ramassa et, fixant un long regard sur Geneviève :

— Ce qui tombe au fossé est pour le pauvre hère. Je garderai toujours cette fleur comme souvenir du plus adorable instant de ma vie.

Un flot de sang monta au visage de la jeune fille, et elle revint précipitamment vers la terrasse, épouvantée par ce tête-à-tête. Candia la suivait en souriant. Il était ravi de cette timidité, de cette pudeur. Il rejoignit Geneviève, comme elle déposait son bouquet sur les genoux de sa tante; et, après l'avoir encore gênée quelques instants de son lourd regard, il prit subitement congé de la famille de la Terrade.

— Mais j'espère que vous nous reviendrez souvent? déclara le comte, un peu inquiet.

— Oui, si M⁰ˢ de la Terrade le permet.

Habitué aux promptes victoires, il ne voulait pas quitter Épinay sans avoir obtenu une réponse, un encouragement de la jeune fille. Cependant Geneviève demeurait toute raide, glacée, les lèvres fermées... Que son père prît des engagements pour elle, et elle les accomplirait, puisqu'elle se résignait au sacrifice; mais s'engager elle-même! et de la bouche qui avait reçu les baisers de Raymond, autoriser cet homme à venir dans cette maison souillée du sang du bien-aimé!... Elle leva des yeux suppliants sur le comte, et elle le vit très pâle, aussi bouleversé qu'elle l'était elle-même, tremblant, le regard épouvanté. Elle s'oublia pour avoir pitié de lui; et, d'une voix rauque, elle dit :

— Monsieur, je serai... toujours... heureuse de faire les honneurs de sa maison... aux amis de mon père.

— Mademoiselle, répondit Candia, je vous prie de me considérer non seulement comme un des amis de votre père, mais comme le plus respectueux et le plus enthousiaste de vos admirateurs.

Le comte de la Terrade et son fils reconduisirent le baron de Candia; et Gaston, jugeant que la situation allait devenir pénible à la maison, demanda :

— Me ramenez-vous à Paris, Candia?

— J'allais vous le proposer, dit le baron en sautant sur son buggy; j'imagine que nous aurons pas mal de choses à nous raconter.

— Je vous verrai demain, dit le comte en serrant chaleureusement la main à l'aventurier; demain, n'est-ce pas, mon cher ami?

— Je me mettrai entièrement à votre disposition, répondit gravement le baron.

Le comte de la Terrade ne put retenir un soupir de satisfaction : entre gens tels que lui et Candia, habitués à se comprendre à demi-mot, cela signifiait la fin de ses ennuis, de ces formidables échéances qui avaient fait un enfer de sa vie, de la menace perpétuelle d'une exécution à la Bourse qui le rendrait impossible à son cercle, dans tout Paris. Il regagna alors la terrasse de la villa, se disant :

— Ma belle-sœur doit être en train de raisonner cette petite... La pauvre enfant a d'ailleurs été bien docile...

Et il fut très désagréablement impressionné de voir Geneviève sanglotant dans les bras de Mme du Baudan.

— Allons! l'inévitable crise de larmes!

Il eut envie de s'éloigner, d'attendre que cette explosion de chagrin fût terminée; mais sa belle-sœur l'avait aperçu.

— Venez donc, Dieudonné! Venez m'aider à consoler cette grande sotte!

— Pardonnez-moi, ma tante, murmurait Geneviève, mais je n'ai pu être maîtresse de moi plus longtemps...

Le comte embrassa tendrement sa fille.

— Et moi qui redoute les émotions! s'écriait Mme du Baudan. Là, calme-toi un peu... Séchons ces larmes... Tu tenais donc tant que cela à ta vie de jeune fille? Elle n'était pas gaie pourtant! Avec un frère et un père qui passent leur vie hors de chez eux...

Geneviève se raidissait, essayait de retenir ses larmes; et, malgré elle, de nouveau, les sanglots jaillissaient...

— Tu avais donc rêvé quelque officier de cavalerie? s'écria Mme du Baudan avec humeur. Je parie que c'est cela! Il y a deux ans, je l'ai menée au Concours hippique, et je me rappelle qu'elle les dévorait des yeux, ces jeunes sauteurs... pardon, ces jeunes officiers qui sautaient par-dessus la rivière, quand ils ne se flanquaient pas dedans...

La baronne haussa les épaules.

— Crois-moi, ma petite, tous ces gens réunis ne valent pas un bon banquier dont la caisse est solide comme celle de ce Candia! On le dit un peu audacieux, tu n'en seras que plus riche et plus heureuse!... Qu'est-ce donc qui te chagrine, dans ce mariage? La noblesse du baron qui n'est pas de vieille date?... Crois-tu que celle de mon mari fût plus ancienne? Mon beau-père était un marchand de dentelles qui s'appelait Dubaudan; mon mari eut l'habileté de rendre service à une famille très bien placée en cour de Rome; il y récolta de bonnes amitiés et l'anoblissement de l'illustre nom des du Baudant! C'est moins glorieux que les la Terrade; mais les la Terrade n'ont plus le sou, tandis que j'ai cent bonnes mille

Un flot de sang monta au visage de la jeune fille.
(Page 46.)

livres de rente que tes enfants ne seront pas fâchés de manger... Que lui reproches-tu encore à ton Candia? Ses compliments un peu emphatiques, la solennité avec laquelle il a commencé de te faire sa cour?... C'est vrai, c'est un peu théâtral; mais on ne peut avoir un mari parfait... Et tu ne l'en mèneras que mieux.

VIII

MARCHÉ LOYAL

Cependant, Geneviève avait fini par dominer son chagrin. Elle essaya de sourire et balbutia :

Et ses yeux tombèrent aussitôt sur le nom d'Épinay. (Page 51.)

— Oui... Vous avez sans doute raison, ma chère tante... Mon père désire ce mariage... Et l'on dit que les mariages ainsi faits sont souvent les meilleurs... Mais cela a été si brusque!... J'aurais eu besoin de tant réfléchir, de m'habituer à cette idée...

E'le parlait d'une voix blanche; elle disait des phrases banales pour se donner une contenance. Elle ne pouvait faire la moindre allusion à la vérité, surtout devant cette tante qui ne lui avait jamais ouvert son cœur, qui aurait dû lui servir de seconde mère et qui s'était empressée de déclarer, à la mort de sa sœur, qu'elle se trouvait trop heureuse de n'avoir pas eu d'enfant pour compliquer son existence des enfants des autres. Rien ne fait mieux sentir l'isolement que les fausses marques d'affection, les tromperies d'amitié dont on s'entoure par politesse dans les familles. Et Geneviève sentait si bien à quel point sa tante était ennuyée par ses larmes, par son visage douloureux, qu'elle se retira doucement pour aller pleurer en liberté dans sa chambre.

— Sapristi! fit Mme du Baudan, voilà un mariage qui commence gaiement!

Le comte haussa les épaules.

— Les filles ne se doutent jamais du mal qu'on se donne pour faire leur bonheur...

— Et le sien en même temps! conclut la jolie veuve. Dites donc, mon ami, ce Candia n'oubliera pas son beau-père dans le contrat de mariage?...

Le comte baissa un peu la tête.

Sa belle-sœur se mit à rire; et :

— Je ne vous le reproche pas, mon cher! Il me plaît d'ailleurs, ce baron... ou, du moins, il m'amuse. Et, comme je compte bien qu'il me fera gagner de l'argent à la Bourse, je veux favoriser ses amours... et vous être agréable. Croyez-moi, ne laissez pas Geneviève dans l'atmosphère d'Epinay : elle doit être énervée par le drame absurde qui s'est passé ici.

— Je suis bien de votre avis; mais où la mener? Je n'ai qu'un mauvais pied-à-terre à Paris...

— Menez-la donc à ma propriété de Deauville. Cela ne m'amusera pas, mais j'irai vous y recevoir, j'inviterai Candia... le mariage se décidera complètement là-bas... Et nous rentrerons pour le célébrer à Sainte-Clotilde. Est-ce entendu?

Le comte baisa gentiment la main de sa belle-sœur.

— Vous ne m'aviez pas habitué à tant d'amabilité, ma chère.

— Il faut bien que je me souvienne que cette petite est ma

nièce, et je veux l'empêcher de commettre la sottise qu'a fait
sa mère en épousant un gentilhomme ruiné et pas mal vau-
rien... comme vous !

— Merci ! Voilà qui compense vos gracieusetés. Adieu. Je
vais me préparer à partir... Mais où allez-vous ?

— Appeler Geneviève.

— Laissez-la donc ! Elle doit être en train de pleurnicher !
Et personne n'aime à être dérangé au milieu de ce petit amu-
sement.

Geneviève était à peine remontée dans sa chambre qu'oubliant ce qui se passait autour d'elle en ce moment, elle s'était
perdue dans la rêverie de son bonheur envolé, y cherchant
la consolation qu'aucun cœur ne pouvait lui donner. Bientôt,
après le départ de sa tante, elle entendit son père qui gravis-
sait timidement l'escalier, puis s'arrêtait quelques instants
devant sa chambre. Il avait eu la pensée d'entrer chez sa fille,
de la remercier par une caresse ; mais il eut un peu honte de
lui et se dit que Geneviève préférerait demeurer seule jusqu'au soir.

Et, à son tour, il alla s'enfermer dans sa chambre.

Vers la nuit, la jeune fille, se sentant toute brisée, mais
calme, vaincue, s'imaginant que la jeune fille d'autrefois était
morte et qu'elle était une autre Geneviève, était descendue
dans le salon. Et machinalement, elle s'était assise près d'une
table où l'on posait des livres, des journaux. Elle était si
anéantie qu'elle n'avait pas encore songé à ouvrir un de ces
journaux.

Elle le fit, presque machinalement, et ses yeux tombèrent aussitôt sur le nom d'Epinay. C'était aux nouvelles de la
banlieue :

« M. de la Terrade et son fils, rentrant chez eux, la nuit,
ont trouvé un malfaiteur qui dévalisait leur jardin. Ils ont
essayé de s'emparer de lui ; mais il les a menacés d'une forte
canne plombée, et il a fallu engager un combat en règle avec
lui. Il a fini par tomber de la terrasse qui borde la propriété,
et a roulé dans la Seine. Malgré d'actives recherches, son
corps n'a pas encore été retrouvé. »

Et c'était tout ! Les la Terrade avaient bien pris leurs
précautions pour sauvegarder l'honneur de la famille...

Mais soudain elle eut un grand tressaillement, en lisant, quelques lignes plus bas :

« Asnières. — Encore un exploit des rôdeurs de nuit... M. Raymond, employé dans une maison de banque, qui habite Asnières avec sa grand'mère et un vieux serviteur, s'était absenté l'autre nuit pour aller, du moins on le croit, faire une promenade en canot ; car c'était un grand amateur de canotage. Son domestique, inquiet de voir son absence se prolonger outre mesure, est allé au-devant de lui et l'a trouvé étendu tout sanglant au fond de son canot. On l'a rapporté mourant à son domicile. »

— Mourant ! Mais il n'est peut-être pas mort ! s'écria Geneviève en se relevant.

Et elle courut, affolée, jusqu'à la maisonnette du jardinier, chez qui l'on remettait lettres et journaux.

— Les journaux du soir ! bégaya-t-elle.

Et sans attendre de réponse, elle s'en empara. Et, revenue dans le salon, elle resta de longues minutes avant d'oser les ouvrir. Car cela allait être pour elle, comme un arrêt de vie ou de mort... Elle lut enfin ceci :

« Asnières. — La justice s'est transportée auprès de M. Raymond, la victime de l'attaque nocturne que nous avons raconutée hier. L'agonie avait déjà commencé, et le malheureux sera sans doute mort sans avoir pu donner aucun indice qui permette de découvrir ses assassins. »

C'était bien fini ! Raymond était mort ! Mort inconnu, lui dont la famille avait été des plus illustres parmi les plus illustres de France... Et elle, elle qui était disposée à partager sa mort comme sa vie, elle devait rester sur cette terre maudite, accomplir un abominable devoir, se sacrifier !

Son père la rejoignit alors. Ils passèrent la soirée très silencieusement, sans faire la moindre allusion ni aux choses écoulées ni aux choses d'avenir. Seulement, quand le comte ramena sa fille dans sa chambre, il l'embrassa longuement, lui prodiguant les caresses dont elle avait toujours été sevrée.

Cette nuit-là, elle dormit, terrassée par la fatigue ; mais

elle était debout avant le jour, guettant l'arrivée du facteur ;
et, comme le facteur n'arrivait pas assez vite, elle envoya
chercher des journaux chez un marchand. Elle les déplia avec
une horrible anxiété. Elle ne pouvait se résoudre à désespérer
entièrement : peut-être, ce matin, annonçait-on qu'un mieux
inattendu s'était produit ?... Si Raymond, son Raymond si
fort, si énergique, avait vaincu la mort ?... Elle chercha vainement aux nouvelles de la banlieue, puis dans les colonnes
environnantes, puis dans tout le journal. Pas une ligne n'était
consacrée à son bien-aimé ; on parlait de nouveaux crimes, de
nouvelles victimes. Cette fois, tout était bien fini. Geneviève
tomba, raide, au milieu du jardin. Les domestiques la rappor-
tèrent dans sa chambre et elle pleura tout le jour.

Le lendemain, son père l'enlevait d'Epinay en lui disant :
— Le séjour de cette maison est trop pénible pour toi, je
t'emmène à la mer.

Il n'avait pas besoin, d'ailleurs, de lui donner de raisons.
Depuis la veille, elle était dans une telle prostration qu'elle
ne sentait plus, ne voyait plus, ne comprenait plus ce qui se
passait autour d'elle. Elle vivait dans une sorte d'hébétude,
obéissant machinalement à tout ce que lui disait le comte...
Et, plus tard, elle ne se souvint pas de ce qu'elle avait fait
pendant ces quelques jours.

Elle ne reprit possession d'elle-même que peu à peu, sous
la brise vivifiante de la mer ; mais ce fut un grand étonnement
pour elle que de s'éveiller un matin dans le chalet de sa tante,
à Deauville : elle ne se rappelait pas y être venue... Elle éprouvait, d'ailleurs, une grande satisfaction, parce qu'on la laissait
libre, qu'elle pouvait passer des heures sur le sable à suivre
le mouvement de la marée. Mais une semaine ne s'était pas
écoulée que Gaston de la Terrade arrivait à Deauville, annon-
çant qu'il précédait le baron de Candia de vingt-quatre heures.

Le comte n'adressa pas une parole à sa fille au sujet de
l'homme qui devait être son mari. Il se contenta de lui jouer,
le soir, avec encore plus d'habileté que de coutume, sa comédie de tendresse.

Elle passa une nuit atroce ; mais, le lendemain, elle était
prête. Et elle ne se troubla pas lorsque, à son réveil, elle
aperçut le baron de Candia qui se promenait avec Gaston,
dans le jardin. Elle se vêtit sévèrement et descendit, brave,

ferme, le cœur tout secoué, mais l'esprit résolu. Candia pâlit en la voyant, et il s'embrouilla dans le joli compliment qu'il avait rêvé de lui dire.

— Monsieur, prononça Geneviève, après lui avoir rendu son salut sans embarras, je vais au bord de la mer. Voulez-vous m'accompagner?

— Veux-tu aussi de moi pour compagnon? demanda Gaston, avec un sentiment d'angoisse.

— Non. J'ai besoin de causer en tête à tête avec M. de Candia.

Elle s'éloignait déjà, laissant Gaston stupéfait. Et le baron la suivait sans bien comprendre : malgré sa fatuité, il ne s'attendait pas à une si prompte conquête.

— Mademoiselle, murmura-t-il, je ne sais en quels termes vous exprimer ma joie...

— Prenez garde, monsieur, de vous réjouir trop vite, répliqua-t-elle avec une nuance de dédain; car j'ignore si vous pourrez vous contenter du peu que j'ai à vous offrir!

Candia leva un regard hébété vers la jeune fille; et une telle oppression tomba sur sa poitrine qu'il demeura quelques secondes sans pouvoir marcher. Geneviève semblait ne plus faire aucune attention à lui; elle continuait de suivre le bord de la mer, s'éloignant de plus en plus de la route parce que les vagues descendaient, découvrant un sable blond, ferme, strié du mouvement des eaux. Un grand vent, qui venait du large, l'enveloppait, la caressait, balançant les menus cheveux qui s'échappaient de sa coiffure. Elle était divinement belle et gracieuse...

— Ai-je donc été assez malheureux pour vous déplaire? balbutia M. de Candia.

— Vous ne me plaisez ni ne me déplaisez, répondit Geneviève avec une souveraine indifférence.

Puis, fixant son regard droit sur le baron :

— Comme il n'existe entre nous rien qui ressemble à de l'amour, j'estime que nous nous devons une explication bien nette, bien franche. On fait de moi votre femme, monsieur : je veux bien y consentir; mais je ne veux pas entre nous de malentendu.

— Il n'y en a aucun de ma part, mademoiselle, déclara le baron avec chaleur. Ami de votre père depuis plus de deux ans, je désirais m'allier à sa famille... Votre beauté, votre charme, la haute intelligence que je devine en vous ont promptement transformé mon simple désir en un violent amour....

— Oh! bien promptement! fit ironiquement Geneviève. L'amour ne naît pas avec une telle spontanéité : vous ne m'aimez pas, vous ne pouvez pas m'aimer!

Elle parlait avec tant d'autorité que Candia ne sut pas lui répondre. Elle reprenait :

— Non! vous ne m'aimez pas; mais ma personne vous convient sans doute, pour tenir votre maison, pour en faire les honneurs. On prétend que je suis jolie, et la femme d'un riche banquier doit être jolie. Ce n'est pas de l'amour, cela! L'amour vit par les qualités du cœur et de l'esprit; il n'attache que peu d'importance à une chose aussi périssable que la beauté... Mais enfin, je dois vous paraître belle, et c'est une chose que vous cherchez dans le mariage, mais non la plus importante...

— Vous ne pouvez me reprocher d'aimer votre beauté!

— Serais-je dix fois plus belle, vous ne songeriez guère à moi, si ma famille faisait simplement partie de la bourgeoisie. Et ce que vous recherchez surtout chez une femme, c'est les relations que cette femme peut vous donner dans un monde où, malgré votre richesse, vous n'avez pas encore pénétré!... Vous n'avez pas toujours été, monsieur, riche et baron...

— Votre père, mademoiselle, prononça péniblement Candia, ne me montrait pas ce dédain lorsqu'il avait recours... à mon amitié.

— Ah! monsieur! s'écria Geneviève, loin de moi la pensée de vous reprocher d'avoir conquis, par vous-même, votre grande situation! Je ne suis nullement... oh! mais nullement, entichée de noblesse; et si je constate des choses dont le souvenir vous est désagréable, ce n'est que pour bien établir notre situation. Vous voulez donc m'épouser, uniquement parce que je m'appelle Mlle de la Terrade et que Mlle de la Terrade, devenue baronne de Candia, pourra ouvrir pleinement à son mari un monde dont il brûle de faire partie. Répondez-moi franchement, monsieur...

— Ah! vous me mettez à mon aise, répondit vivement Candia, que cette attitude nette et loyale de la jeune fille impressionnait beaucoup. Et je suis prêt à vous montrer mon cœur comme vous me montrez le vôtre. Je ne fais aucun mystère de mes humbles origines : ma mère, mon unique famille, n'est qu'une paysanne enrichie, et moi je suis un audacieux qui a tout vu réussir devant lui! Je fais bon marché de mon titre, que j'ai acheté comme on achète aujourd'hui la plupart des distinctions honorifiques... Mais vous ne pouvez trouver blâmable mon ambition de monter plus haut. Vous êtes franche?... Ah! j'aime cela! Dans votre monde on ment avec tant de facilité, tant d'adresse!

Il eut un geste de mépris pour cette société en ruine, qu'il considérait pourtant comme la terre promise. Et Geneviève le regardait avec stupéfaction : il se révélait tout à coup un autre homme que celui qu'elle avait entrevu tout d'abord.

Il continuait, avec passion :

— J'ai pris l'habitude, moi aussi, avec mes amis... ce que l'on appelle ses amis : d'indifférentes relations d'affaires ou de cercle, j'ai pris l'habitude de la politesse banale, mensongère, de l'impassibilité dont on doit envelopper toutes ses actions; mais je suis un violent, au fond! J'aime la vérité, et je reconnais franchement que, lorsque j'ai brigué l'honneur de devenir votre mari, ma pensée était bien telle que vous l'avez dite; il me fallait une femme qui me donne ce qui me manque : le monde, le vrai monde... Alors, votre père a permis que je vous voie une première fois, un soir, à la Comédie-Française... Vous étiez au premier rang du balcon, et moi en face de vous : je vous ai admirée toute la soirée, et je vous jure que vous vous trompez quand vous dites que la beauté ne suffit pas à créer l'amour. Dès ce soir-là, je vous ai aimée, vraiment aimée...

Geneviève, un peu troublée, murmura :

— Tout cela n'est qu'une fantaisie, un caprice d'imagination...

— L'amour ne vit-il donc pas par l'imagination, par les choses de l'esprit? répliqua victorieusement Candia. Et quand enfin j'ai pu passer quelques instants en face de vous, dans l'intimité de la famille, j'ai essayé de deviner votre âme, vos sentiments; car je n'attache pas seulement du prix à la beauté. Je vous ai crue d'abord très douce, ignorante des choses de la vie, encore tout enfant... Je suis heureux de vous trouver, aujourd'hui, fière, audacieuse, envisageant la vérité avec courage. Et mon amour s'en augmente; et comme il est très sincère et très respectueux, vous ne sauriez en être blessée!

— Non, monsieur, dit mélancoliquement Geneviève; mais, je vous en prie, étouffez bien vite un amour qui, s'il était durable, rendrait notre situation par trop pénible; car moi, je ne vous aime pas, et je ne vous aimerai... je ne pourrai vous aimer jamais!

Candia eut un fin sourire : sans doute un caprice de jeune fille, quelque amourette brisée, le souvenir d'une nuit de bal... le rêve qui s'envole au moment d'un mariage, la peur du mari inconnu?

— Pouvez-vous savoir, maintenant, que vous ne m'aimerez jamais?... Je vous remercie de me dire ce que vous pensez réellement; je ne suis pas assez fat pour m'en offusquer. Et puis, vous ignorez qui je suis... Je ne réponds sans doute pas à l'idéal que vous vous étiez fait d'un mari?

Geneviève secoua la tête. Et il dit, encore avec une charmante bonne grâce :

— Vous ne voulez pas qu'on vous impose un mari? Et j'ai peut-être contre moi qu'on a violenté votre cœur?... Votre liberté est choquée de ce que, sans qu'on vous consulte, on dispose de votre vie?... Mais je veux me faire aimer de vous, je ne demande à devenir votre mari, mademoiselle, que lorsque vous m'y aurez autorisé de votre plein gré.

Geneviève secoua encore la tête.

— Non, monsieur! non, ce n'est pas cela! Ce qui nous sépare, et nous sépare à jamais, est plus grave. Et je vous remercie profondément de me faciliter, par votre franchise et votre réelle courtoisie, la pénible communication que j'ai à vous faire.

Candia perdit aussitôt de sa belle assurance.

— Avant de vous connaître, monsieur, j'ai aimé aussi pleinement, aussi loyalement que vous pourriez désirer être aimé par moi...

— J'ai donc un rival? bégaya le baron d'une voix étranglée.

— Vous ne l'avez plus, hélas! murmura Geneviève, les yeux au ciel. Dieu me l'a enlevé.

Une joie folle envahit le cœur de Candia. S'il n'avait à lutter que contre le souvenir d'un mort, il ne doutait plus de la victoire.

— Je saurai respecter une douleur qui ne peut plus me blesser, dit-il; mais il ne m'est pas défendu d'espérer que je parviendrai un jour à vous consoler!

— N'espérez pas cela, monsieur ! Ma douleur est telle que, si je n'avais plus de famille, j'entrerais immédiatement en religion ; je sacrifierais ma vie avec joie au culte de celui que j'ai aimé... Mais j'ai un autre devoir à accomplir et je l'accomplirai loyalement. Au lieu de me sacrifier à mon amour, je me sacrifie à mon père... Veuillez, monsieur, ne voir rien de blessant dans mes paroles...

Candia s'inclina, le visage plissé de son mauvais rire.

— Notre mariage, reprit Geneviève, ne ressemblera donc en rien, ni jamais, à une union d'amour. C'est une... alliance, une association, un marché même, et je l'accepte loyalement. La position de ma famille est perdue... vous la sauvez... J'ignore et veux toujours ignorer le détail des questions pécuniaires : je les méprise ! En échange, monsieur, vous trouverez chez moi de l'estime, de la reconnaissance et le plus grand désir d'être utile à vos intérêts ; je serai à jamais fidèle à votre nom, vous aurez en moi une amie aussi dévouée, aussi soumise qu'une femme, et je considérerai comme de mon honneur, de mon devoir strict, de faire autant et même plus que ce que vous aurez fait pour mon père. A ce point de vue, monsieur, j'espère donner entière satisfaction à vos désirs. Mais, en revanche...

Geneviève fixa un regard clair, tranquille sur le baron.

— En revanche ? interrogea celui-ci, d'une voix où grondait de la colère.

— Je ne serai pour vous qu'une amie, une associée... et jamais une femme !

Candia eut alors un véritable rugissement, et Geneviève, si brave jusqu'à ce moment, fut secouée d'un frisson d'épouvante. Mais le baron avait depuis longtemps appris à calmer ses emportements.

— Ainsi donc, dit-il, avec un faux sourire, vous étiez prête à vous cloîtrer, lorsque le comte de la Terrade vous a dévoilé sa désastreuse situation ?

— Oui, monsieur.

— Et, sacrifice pour sacrifice, vous daignez prendre un mari ?

— Je fais ce que je crois être mon devoir.

— Me direz-vous du moins le nom de celui qui m'a volé votre cœur ?

— Jamais !... Deux associés se révèlent-ils leurs secrets de famille ?

— Et si je refusais de m'incliner devant la condition humiliante que vous mettez à votre consentement?

— Libre à vous, monsieur!

— Votre père serait perdu...

— Mon père a le droit de me demander le sacrifice de ma vie, mais non le sacrifice de moi-même. Et se donner sans aimer, c'est une profanation que je ne commettrai jamais!

— Soit! fit le baron après un instant de silence. Mais, du moins, il me reste l'espoir de me faire aimer... Je comprends combien votre cœur doit être ulcéré: on vous impose une union avec un indifférent, dans un moment où vous voudriez être toute à votre chagrin; vous vous révoltez...

— Non, monsieur, dit simplement Geneviève, je m'incline devant la destinée.

— Enfin... quoi que vous en disiez, vous ne seriez pas entrée dans un couvent : votre père ne l'aurait pas permis ; le temps aurait apporté un adoucissement à votre chagrin... Croyez-moi, aucune douleur n'est éternelle. Votre père vous aurait sûrement amenée, dans quelques années, à consentir à un autre mariage : acceptez donc celui-ci sans des pensées aussi rigoureuses ; du moins, vous devez être certaine, maintenant, que je vous aime... Serais-je disposé à subir votre humiliante volonté, si je ne vous aimais pas?

— Peut-être, monsieur, subissez-vous un entraînement irréfléchi; mais vous vous en rendrez facilement maître...

— Je parviendrai à vous conquérir!

— Jamais! Et, si vous voulez que j'annonce à mon père que je suis prête à vous accepter pour époux, prenez l'engagement solennel de ne jamais essayer de franchir la barrière qui nous séparera... Donnez-moi votre parole, monsieur, que votre femme sera toujours respectée par vous!... Et... vous devez aimer votre mère : jurez cela sur votre mère!

Ils marchèrent quelques instants, enveloppés d'un grand silence. Candia tremblait. Geneviève le contemplait d'un regard assuré : elle n'irait pas plus loin que la limite qu'elle avait fixée à son sacrifice.

Le baron s'arrêta, et, saisissant dans ses mains brûlantes les mains de la jeune fille :

— Vous me rendez fou! Je vous aime pourtant!

— Si vous devez oublier ce que j'exige de vous, dit Geneviève en se dégageant, ne m'épousez pas !

— Eh bien ! si ! J'accepte tout ! Je vous épouse !... s'écria le baron, la tête en feu.

— N'espérez pas cela, monsieur ! Ma douleur est telle que si je n'avais plus de famille... (Page 57.)

— Et vous jurez de me respecter ?

— Je... ô mon Dieu !...

Il chancelait presque.

— Ah ! s'écria-t-il, je vous le jure ! Du moins vous ne serez pas à un autre ! Voyez si je vous aime : je suis déjà jaloux...

— Rappelez-vous que vous avez juré sur votre mère,
monsieur !

— Sur ma mère... oui ! prononça le baron, avec une légère
nuance d'attendrissement.

Le Dʳ Grandier, le très aimé prosecteur du cours d'anatomie... (Page 63.)

Ce jouisseur, dont la fortune s'était élevée sur l'effondrement d'une foule de petites fortunes, ce viveur, considéré
comme un cynique dans tout Paris, aimait et craignait naïvement la paysanne qui était sa mère.

— Mais, dit-il, la rigueur que vous me montrez, elle
l'ignorera, n'est-ce pas ? Ce n'est qu'une simple femme; mais
vous serez bonne pour elle, les quelques jours où vous aurez
à la voir?

— Ah ! cela, je vous le promets aisément, déclara Gene-

vièvre. Et maintenant, monsieur, je vais dire à mon père qu'il
peut vous engager sa parole sans qu'il craigne que j'y faillisse!

Et elle repartit vers la villa de sa tante, laissant Candia
tout décontenancé sur la plage, la contemplant avec autant de
rage que d'admiration.

— Orgueilleuse fille! murmurait-il. Orgueilleuse folle!

Et avec un emportement soudain :

— Ah ! tu t'imagines que tu peux avoir confiance dans le
serment que tu m'as arraché?... Eh bien! je te conquerrai,
malgré ton dédain, malgré ton cœur! Et tu seras à moi! Oh!
oui, tu seras à moi! Cela, je te le jure bien, de toute mon
âme, de tout mon être !...

IX

AUTOUR DU BLESSÉ

Depuis quelques jours, c'était un sujet d'étonnement,
parmi les étudiants en médecine de l'hôpital Laënnec, de voir
la hâte fiévreuse avec laquelle Michel Grandier, le très aimé
prosecteur du cours d'anatomie, accomplissait sa besogne. Et
les élèves en concluaient qu'il devait soigner quelque malade
qui le préoccupait extraordinairement.

Michel Grandier soignait en effet un malade, un ami, qui
lui donnait les plus vives inquiétudes. Et il frissonnait encore
en songeant à l'épouvante qu'il avait ressentie lorsque, quelques jours auparavant, Protais, un vieux serviteur de cet
ami, était venu le chercher à la sortie de son cours.

— Est-ce que madame est souffrante ? avait-il interrogé
avec à peu près autant d'indifférence que d'intérêt.

— Non ! avait répondu Protais, le visage bouleversé.
C'est M. Raymond... Une aventure terrible, monsieur! Pourvu
que nous le retrouvions vivant ! Ah ! venez vite ! Venez!

— Mais on a déjà fait appeler un médecin ?

— Oui, oui ! Seulement, moi j'ai dit : il n'avait confiance
qu'en M. Grandier ; et, si quelqu'un doit le tirer de là, ce
sera M. Grandier.

Michel Grandier n'avait pas trompé l'espoir du vieux Protais. Sauf son cours, il avait tout abandonné, pour disputer
son ami à la mort. Et il comptait bien y réussir.

Raymond, en effet, après avoir passé deux jours entre la vie et la mort, sans reprendre un seul instant connaissance, ce qui avait donné lieu à la dernière note publiée par les journaux, — Raymond revenait doucement, très doucement, à l'existence.

Mais les magistrats, qui guettaient le moindre mieux pour pouvoir l'interroger, se heurtaient toujours à l'impitoyable volonté de Michel Grandier.

— Si vous persistez à vouloir l'interroger avant que je vous en aie donné l'autorisation, leur avait-il dit très nettement, je me retirerai en vous déclarant responsables de sa mort.

Cependant, un matin, il les trouva installés au pied du lit de Raymond. Ils avaient assez aisément conquis sa grand'mère en lui persuadant qu'ils étaient sur les traces des bandits qui avaient assailli son petit-fils et que, si le blessé pouvait leur dire quelques mots, leur donner de simples indications, ils allaient sûrement le venger. Et ils avaient profité d'une absence de Protais — envoyé chez le pharmacien — pour forcer la consigne rigoureuse établie par le médecin.

Quand Michel Grandier arriva, un peu plus tôt que de coutume, l'un d'eux disait, d'une voix persuasive, en prenant la main du blessé :

— Voyons, mon ami, vous sentez-vous en état de nous répondre... simplement par oui et par non ? Nous sommes sur le point d'arrêter ceux qui vous ont si lâchement frappé...

Mais une expression d'épouvante se répandait sur le visage du blessé. Et il bégaya :

— Rien... Je ne sais rien... rien...

En ce moment, Michel Grandier pénétrait dans la chambre ; et le visage de Raymond se calma, tandis que son regard se fixait heureux, rassuré, sur le médecin, comme disant :

— Toi, tu vas me débarrasser de ces gens-là !

Michel Grandier, fronçant les sourcils, cria brutalement :

— On m'a désobéi... Je m'en vais !

Et, s'adressant à la grand'mère, toute penaude :

— Vous voulez donc tuer votre petit-fils, madame ?

— Le tuer !... Mais enfin, docteur, de quel droit suspectez-vous ainsi mes sentiments ? Jamais, jamais, entendez-vous, personne ne s'est permis de me parler comme vous osez le faire !

— Oh ! pardon ! Pas de discussion ici !

Et d'un geste impérieux, montrant la porte aux magistrats :

— Messieurs, vous ou moi !

Raymond le remercia d'un regard ; déjà les magistrats se levaient, se retiraient ; et ils ne se plaignirent que lorsqu'ils se trouvèrent réunis avec le médecin dans un petit salon attenant à la chambre du blessé. Ils s'écrièrent que Raymond était parfaitement en état de subir un interrogatoire dirigé avec discrétion, que l'action de la justice ne pouvait être entravée plus longtemps par une amitié trop jalouse...

— Il n'y a pas ici d'ami, répliqua vivement Michel Grandier, mais un médecin responsable de la vie de son client ! Et comme je trouve que toute fatigue, toute émotion seraient nuisibles à la guérison, j'interdis que qui que ce soit pénètre auprès de mon blessé. La capture de quelques drôles est moins intéressante que la vie d'un honnête homme... Ah ! voici Protais !

Le vieux serviteur arrivait, portant une provision de sublimé pour le lavage des plaies de Raymond. Il jeta un regard oblique aux magistrats.

— Protais, dit le médecin, vous ne quitterez plus le malade que lorsque je serai ici. On l'a encore fatigué ce matin en essayant de le faire parler ; que cela ne se renouvelle plus ! Messieurs, je fixerai moi-même le jour où mon malade sera capable de vous recevoir. Adieu !

Et tandis que les magistrats, vexés, étaient forcés de quitter la maison sans avoir obtenu le moindre résultat, il rentrait dans la chambre de Raymond. Le malade fit un effort pour lui tendre la main et balbutier :

— Merci !

— Chut ! Je ne chasse pas les autres pour te permettre de bavarder. Quant à vous...

Il menaçait la grand'mère du doigt. Elle répondit, en haussant les épaules :

— Je m'en vais pour ne pas me quereller avec vous !

D'ailleurs, Michel Grandier ne s'occupait plus d'elle. Il plaçait son thermomètre sous le bras du blessé, prenait sa température.

— Bon, bon ! trente-sept degrés et demi ! Voilà qui va de mieux en mieux !... Protais, donnez-moi donc la courbe.

Le domestique lui remit une feuille sur laquelle une ligne brisée indiquait les différentes phases de la fièvre. Grandier la plaça devant les yeux du malade.

— Depuis deux jours, ta fièvre ne cesse de diminuer :

mon cher Raymond, tu es hors d'affaire... MM. les magistrats
instructeurs n'avaient pas tout à fait tort de vouloir t'interroger; mais tu ne tenais pas, je pense, à leur répondre ?...

— Ah! certes non! répliqua le blessé avec toute l'énergie
dont il était capable.

— Chut, morbleu! Un oui, un non! Je ne te permets pas
d'en dire davantage.

— Tu me permettras bien de dire que tu m'as sauvé et
que ma reconnaissance...

Grandier lui mit gentiment la main sur la bouche.

— Assez!... Allons, Protais, au pansement!

Aidé par le vieux domestique, qui s'y prenait aussi adroi-
tement qu'un infirmier, il mettait les deux plaies à nu, et,
comme elles avaient des tendances à se refermer déjà, que de
petits bourgeonnements bordaient les lèvres des blessures, bou-
chant même celle de la poitrine, il riait bonnement et s'écriait :

— Monsieur le marquis, tu peux te vanter d'avoir une
rude chance : bien sûr, ce coup d'épée a effleuré le cœur...
Mais le cœur tenait sans doute trop à la vie, il aura battu de
côté... Et comment n'as-tu pas été démoli par ce coup dans
l'épaule?... Ce n'est pas le couteau d'un rôdeur de nuit qui a
fait cela, mais un large couteau de chasse, hein?... Je ne te le
demande pas, d'ailleurs: il y a des choses qu'on garde secrètes,
même pour ses meilleurs amis. Je me suis seulement permis
de deviner que tu ne voulais rien dire à personne, surtout à
Mme la Justice, qui est une indiscrète et une bavarde... Et je
te jure qu'on te laissera tranquille, jusqu'au jour où tu seras
capable d'arranger toi-même ta petite histoire...

— Oui, oui... c'est bien cela!

— Allons, ne te fatigue pas à bavarder avec moi; réserve
tes forces pour écouter ce bavard de Protais...

— Hein! fit Protais en rougissant.

— Oui, oui, si vous vous imaginez que je ne sais pas que
vous allez tailler une bavette dès que j'aurai le dos tourné!...
Là, voilà une blessure qui est charmante : tout se recolle de
soi-même, avec des chairs aussi fermes, aussi pures... Tu
donnes un démenti à ceux qui prétendent que les descendants
des grandes races ont le sang avarié... Il est vrai que tu leur
ressembles si peu!

Le pansement terminé, Michel Grandier demeura près
d'une heure à contempler son ami, à lui sourire comme à un

enfant. La grand'mère était revenue; et, heureuse de voir son petit-fils calme, reposé, sans la fièvre qui jusqu'alors le terrassait, elle prenait sa figure la plus gracieuse; et, menaçant le médecin du doigt à son tour :

— Vous êtes un bourru, vous, et vous n'avez aucun égard pour mes cheveux blancs; mais je vous aime tout de même, parce que vous m'avez sauvé mon Raymond.

Raymond l'enveloppa d'un joli regard, où il y avait non seulement de la tendresse, mais une demande de pardon pour tant de chagrins causés. Elle le comprit et dit :

— Oh! ce canotage!

— Je serai bien sage, maintenant! murmura le blessé.

— Sage! Ah! bien oui! Vous ne pouvez vous imaginer, docteur, tout ce qu'il m'a fait!

Michel Grandier haussa les épaules. Ce que Raymond avait fait à sa grand'mère? Il ne le savait que trop bien : l'entourer des soins les plus exquis, la gâter dans les moindres détails de sa vie, pour que la ruine lui fût moins rude. Et la marquise s'en doutait à peine, tellement elle avait été habituée aux choses du luxe, toujours obéie en souveraine, servie comme au temps où elle habitait son hôtel de la rue de Grenelle. Et, en ce moment où Protais n'aurait jamais dû quitter le lit du malade, elle s'imaginait qu'elle faisait un grand sacrifice parce qu'elle préparait elle-même son petit déjeuner et que, jusqu'après la visite du médecin, on l'abandonnait à elle-même. Mais, pas un jour, elle n'avait omis le moindre détail de sa minutieuse toilette; et, régulièrement, quand elle venait s'accouder au pied du lit de Raymond, elle était fraîche, la peau doucement parfumée, les yeux très soignés, et coquettement enveloppée, à l'espagnole, d'une mantille blanche, le noir lui semblant une couleur abominable.

Comme Raymond s'assoupissait, Michel Grandier prit congé de la marquise et de Protais, en leur recommandant le silence, le repos, l'éloignement de toute préoccupation.

— C'est, dit Protais, qu'il vous obéit bien à vous; mais que puis-je faire s'il me demande, comme hier : « Protais, raconte-moi tout ce qui s'est passé depuis huit jours... »

— Eh bien! Protais, bavardez à votre aise; mais ne le laissez pas parler, lui!

Durant la journée, le blessé fut calme; et, d'ailleurs.

Protais était accaparé, à chaque instant, par la marquise, qui avait sans cesse besoin d'une foule de choses qui se trouvaient à portée de sa main, mais que Protais avait l'habitude de lui donner.

Le soir, selon sa coutume, elle s'endormit sur la *Gazette de France*, après avoir prédit que le règne de la canaille était terminé et qu'avant longtemps le Roi balaierait la République et rentrerait triomphalement dans sa bonne ville de Paris.

Alors Raymond appela d'une voix impérieuse :

— Protais!... Allons, ici ! Près de moi !

— Sacrebleu, monsieur le marquis, voulez-vous vous taire!

— Non, non! J'ai la force de parler... ou tout au moins de t'écouter... Je veux, entends-tu, je veux que tu me racontes tout, enfin!... Car je me souviens à peine, moi! Allons, parle!

X

UN VIEUX SERVITEUR

Protais serra furieusement les poings, déplorant son peu d'énergie; car il sentait la fièvre dans la voix, dans le regard de Raymond, cette fièvre qui, depuis deux jours, disparaissait le matin, mais revenait impitoyablement le soir; et il aurait dû, oui! il aurait dû imposer silence à son maître, le forcer dès cet instant à dormir... Et il lui obéissait pourtant, tellement c'était une habitude enracinée en lui d'obéir à cette voix qui était son unique caresse. Et il s'était approché du lit, contemplant cette longue figure amaigrie, ce corps exténué. Était-ce bien possible que ce fût son Raymond, que la fièvre l'eût changé à ce point en si peu de jours? Son Raymond si beau, si fort, au visage ferme et joyeux, aux blonds cheveux, aux yeux bleus et hardis, à la bouche bonne et souriante!...

— Ah! si je les tenais, ceux qui vous ont mis dans cet état-là!... Enfin, M. Grandier a dit que vous étiez hors d'affaire, et il ne se trompe jamais, lui! Quand Mme la marquise était si bas, il y a deux ans, et qu'on lui donna l'extrême-onction, il a été le seul à dire qu'il ne fallait pas s'inquiéter et qu'elle était bâtie pour aller jusqu'à cent ans...

Protais disait cela comme s'il gardait une sorte de rancune

à la marquise de sa belle santé. Puis il arrangea les oreillers
de Raymond, et il faisait son rude visage d'ancien soldat très
doux; et, de ses yeux gris, de petites larmes tombèrent sur
sa grosse moustache.

— Mon bon Protais, dit Raymond.

Protais se sentit extraordinairement secoué.

Raymond reprit :

— Mon bon Protais, je ne serais peut-être pas encore
capable de tenir longtemps tête à un bavard tel que toi; mais
mes oreilles ne redoutent rien, et mon intelligence est solide...
Donc, je te promets de ne pas parler; mais tu vas tout me dire...

— Eh ! monsieur le marquis, ce que j'ai de mieux à vous
dire, c'est que vous m'avez fait passer par de rudes transes.
Enfin, vous voulez que je reprenne au soir où...?

— C'est cela.

— Eh bien, depuis longtemps, monsieur, vous m'inquié-
tiez ; je me disais que faire du canotage en plein hiver, ça
n'était pas naturel, et surtout de vous en aller tous les matins
avant le jour... Mais je ne me mêlais de rien... Seulement,
quand vous m'avez dit, une nuit : « Protais, je vais faire un
tour jusqu'au pont de Suresnes, » je me suis méfié, et bien
m'en a pris. Vous n'alliez pas à Suresnes, mais un peu plus
loin que Saint-Denis... Quelque chose comme Epinay, hein !
monsieur le marquis?

— Mais tu n'as rien dit à personne? balbutia Raymond
effrayé.

— Non, à personne, vous pouvez bien le penser, puisque
vous me l'avez recommandé quand je vous ai ramassé au pied
du mur...

— J'étais au pied du mur ?

— Voulez-vous donc vous taire !... J'avais flairé le danger,
mais pas assez, pourtant. Je m'étais caché trop loin, à deux
cents mètres environ de la propriété où je vous avais vu pénétrer... Et je me disais : « Pourvu qu'il n'y ait pas quelque
mari jaloux ! »

— Oui, c'était une femme mariée, interrompit Raymond,
enchanté d'égarer Protais.

— Et alors, tout d'un coup, je vous ai aperçu sur le chemin de halage... Vieille bête que je suis, je n'avais rien
entendu : on devient sourd en vieillissant... Je songeai
d'abord à appeler, à demander du secours; mais je me dis

que je ne serais guère bien reçu dans cette maison ; et, en ce
moment, vous reveniez à vous et vous me disiez : « Emmène-
moi... que je meure chez nous... Et... tu raconteras que tu
m'as ramassé dans mon canot... à Asnières... Je ne veux pas
qu'on sache !... » Je vous ai donc installé bien doucement dans
votre canot, qui était amarré tout près de là, je vous ai ramené
à Asnières, et, sans rien demander à personne, je vous
ai transporté dans votre chambre...

— Mais la police a dû venir bientôt ?

— Vous pensez bien qu'on ne pouvait garder cela secret !

— Et... tu as raconté aux magistrats ?...

— Pour suivre vos recommandations, je leur ai inventé
une bonne histoire de rôdeurs qui s'enfuyaient dans la nuit,
lorsque, inquiet de ne pas vous voir rentrer, j'étais allé vous
chercher au bord de la Seine... J'ai dit que vous étiez étendu,
tout sanglant, dans votre canot, et que, sans doute, on avait
dû vous surprendre au moment où vous amarriez...

— Bien, Protais.

— On m'a demandé si vous aviez des ennemis, et j'ai dit
que je n'en savais rien... Et, comme Mme la marquise ne pouvait donner aucune explication et qu'on m'accablait de trop
de questions, j'ai fini par m'en aller, pour prévenir M. Grandier. Je me disais bien que lui, vous sauverait et nous
débarrasserait de tous ces curieux... Ah ! monsieur le marquis !

Un bon rire éclaira le visage de Protais.

— Ce qu'il les a tous mis à la porte ! Et, jusqu'à ce matin,
ils n'avaient pas osé vous ennuyer. Vous avez pu voir,
d'ailleurs, comme il les a traités ! C'est qu'on ne se permet pas
de lui résister, à lui !

— Mais les journaux, Protais ? interrogea Raymond avec
inquiétude.

— Voici, monsieur !

Il alla prendre une liasse de journaux et, dans plusieurs,
lut les deux seules notes qui eussent paru au sujet de Raymond.

— Et puis ?

— Et puis c'est tout, monsieur ! M. Grandier, à qui j'avais
exactement répété vos paroles, s'est chargé de tout.

— Bien. Très bien, murmura Raymond.

Son vieux serviteur et son ami avaient admirablement
compris son désir : tout scandale était évité.

— Je te remercie, Protais. Et maintenant, repose-toi, je vais dormir tranquille.

Les explications que venait de lui donner Protais l'avaient complètement calmé ; il éprouvait une grande quiétude d'esprit, et son corps s'en ressentait. Il eut quelques heures de vrai repos, sans la moindre agitation, sans le moindre délire ; et, quand il s'éveilla, vers le matin, toute trace de fièvre avait disparu ; et ses forces revenant, il dit :

— Si je ne voulais être sage, je me lèverais !

— Ah ! mon Dieu ! Ne dites pas des choses semblables ! bégaya Protais qui voyait déjà son maître perdu par une imprudence.

Raymond sourit finement. Certes, il allait être sage, docile ; et il suivrait les moindres prescriptions de son ami Grandier, pour reconquérir bien vite la santé, l'énergie qui allaient lui être si nécessaires dans sa lutte contre la famille de Geneviève. Il croyait deviner sûrement ce qui s'était passé à Épinay après la nuit où l'on avait espéré se débarrasser de lui : comme lui, les la Terrade avaient dû chercher, avant tout, à éviter le scandale ; ils n'avaient certainement pas mêlé la justice à leurs affaires de famille. Quant à l'union projetée avec le baron de Candia, elle lui semblait devenue tellement impossible qu'il ne s'arrêtait même pas à cette hypothèse. Geneviève était à lui ; rien au monde, maintenant, ne pouvait la lui arracher ! L'avenir lui apparaissait si sûr qu'il ne s'étonnait même pas de ne pas recevoir de lettre de la jeune fille. Elle devait vivre comme en une prison, dans cette propriété d'Épinay, attendant que le bien-aimé eût vaincu la mort pour venir la délivrer.

Dès le lendemain, un mieux si sensible s'était produit que Michel Grandier disait en riant :

— Si les magistrats venaient encore t'agacer, je n'aurais plus le droit de les mettre à la porte.

Il y eut bien encore un peu de fièvre le soir ; mais, le jour suivant, elle avait subitement disparu. La convalescence était commencée.

Dès lors, toutes les inquiétudes étant passées, la grand'-mère accapara de nouveau Protais, avec son inconscience habituelle, répétant sans cesse qu'elle supportait la ruine avec stoïcisme et que le purgatoire qu'elle endurait sur cette terre

lui aurait largement mérité le ciel. Raymond souriait de ses
perpétuelles boutades contre l'humanité, la République, la
canaille ; elle avait du moins la qualité d'être toujours gaie,
amusante. Et, tous les soins donnés à sa personne, elle
passait fort aimablement sa journée à distraire son petit-fils,
lui lisant les nouvelles, qu'elle assaisonnait des appréciations
les plus surannées, lui contant de vieilles histoires, heureuse
lorsqu'il riait de bon cœur.

— Là ! s'écriait-elle, tu vois que ta grand'mère est encore
capable de quelque chose, puisqu'elle te fait rire !

La convalescence ne fut un peu interrompue que lorsque,
d'un commun accord avec Michel Grandier, Raymond se décida
à recevoir les magistrats qui n'étaient pas encore parvenus à
l'interroger. Il leur fit annoncer qu'il se sentait en assez bon
état pour répondre à leurs questions. Il reçut aussitôt la visite
du commissaire de police d'Asnières et d'un juge d'instruction
du Parquet de la Seine. Il abusa assez facilement le premier
en répétant le récit de Protais. Le juge d'instruction ne crut
pas aussi aisément ce récit : il devina que Raymond était
intérieurement troublé ; il ne savait pas bien mentir. Mais, s'il
disait cela, c'est qu'il ne dirait pas autre chose... A quoi bon
poursuivre dès lors une instruction qui n'aboutirait jamais ?
A quoi bon rechercher les coupables d'un crime qui n'avait pas
été commis ?... Pour un homme aussi fin psychologue que ce
magistrat, la vérité était flagrante : Raymond avait été surpris par un mari jaloux ; et, malgré la lâcheté de l'attentat, le
blessé ne trahirait jamais son déloyal adversaire : ne devait-il
pas sauvegarder l'honneur d'une femme ?

Les magistrats se retirèrent, et l'instruction fut classée.

Après cette entrevue, Raymond eut deux jours de fièvre.
Puis, le calme se fit en lui. Ses blessures se fermaient complètement, et il reprenait doucement sa vie habituelle. Il
descendait maintenant dans le petit jardin qui entourait sa
maisonnette ; ses fleurs poussaient sous un joli soleil, le
printemps était avancé. Il ne pouvait encore jardiner lui-
même ; mais Protais exécutait ses moindres volontés, et ils
passaient ensemble la revue de leurs plantes, de leurs bou-
tures.

Un matin, tandis que Raymond examinait amoureusement
la bouture d'un rosier du Bengale rapportée d'Épinay, la
marquise, qui se promenait dans les allées minuscules, lisait

son journal, en adressant ses boutades coutumières aux ministres de la République.

Soudain, elle s'écria :

— Tiens ! Mlle de la Terrade qui se marie !

Et Raymond chancela :

— Vous dites, grand'mère ?

— Je vous ai donc installé dans votre canot. (Page 69.)

La marquise, qui n'avait pas remarqué le bouleversement de son petit-fils, continuait de lire, son face à main bien appliqué sur les yeux :

« Un grand mariage. Aujourd'hui sera célébrée, à Sainte-Clotilde, l'union de deux grandes familles. Le baron de Candia, qui occupe une place si justement méritée dans l'aristocratie financière, épouse Mlle Geneviève de la Terrade, fille du comte Dieudonné de la Terrade, le sympathique clubman. Nous n'avons pas besoin d'insister sur l'illustration de la famille de la Terrade, dont tant de membres ont versé leur sang pour la maison de France. »

XI

UN GRAND MARIAGE

Geneviève accomplissait jusqu'au bout le sacrifice que lui imposait son amour filial. Le jour même de son entrevue avec le baron de Candia, elle avait annoncé à son père qu'il pouvait fixer la date du mariage; car elle acceptait, avec la plus respectueuse soumission, l'époux qu'il lui avait choisi. Le comte oublia, en ce moment, sa rigoureuse correction de clubman. Il remercia sa fille en termes enfantins, versa quelques larmes et voulut prendre Geneviève dans ses bras. Elle n'osa pas le repousser; mais elle se dégagea bien vite et, désormais, se montra d'une froideur extrême avec tous ceux qui l'entouraient. Sa tante et son frère voulaient la féliciter.

Mme Sermetis était une grosse femme d'assez haute taille. (Page 75.)

— Épargnez-moi vos compliments, leur dit-elle d'une voix un peu nerveuse. Je fais ce que je dois : si cela vous réjouit, ne me demandez pas de me réjouir avec vous.

Deux jours après, ils pouvaient croire que Geneviève avait compris l'imprudence de sa conduite ; car, si elle se montrait toujours froide avec son père et Gaston, elle accueillait avec une nuance de courtoisie les hommages du baron de Candia, elle ne cherchait jamais à échapper aux tête-à-tête que son fiancé provoquait. Mais, dans ces tête-à-tête, pas un mot d'amour n'était prononcé. Candia ne se hasardait plus : il semblait avoir accepté, sans retour, l'étrange situation que lui faisait la capricieuse volonté de la jeune fille. Ils s'entretenaient de choses presque indifférentes, de leur future installation, de l'organisation de leur maison. Candia voulait abandonner son hôtel, offrir à sa femme une nouvelle demeure.

— Le plus joli petit palais que nous trouverons dans
Paris !

— Non, monsieur, répondait loyalement Geneviève. Je ne
veux pas que vous fassiez de telles folies pour moi. Rappelez-vous que je dois être votre associée et non votre femme ;
c'est donc à moi de vous rendre sage.

Il souriait tristement ; et, chaque fois que Geneviève,
avec une insistance un peu trop fréquente, faisait allusion à
la vie séparée qui les attendait, il avait peine à étouffer les
gonflements de sa poitrine, un pli très amer se dessinait au
coin de sa bouche ; et Geneviève n'aurait pas dû se tromper
à son regard aigu, qui disait très clairement :

« Nous verrons bien, quand tu seras ma femme ! »

M. de la Terrade ne ramena Geneviève de Deauville
qu'une dizaine de jours avant la date fixée pour le mariage et
l'installa chez Mme du Baudan. Et ce fut, dès lors, un tourbillon de courses chez les fournisseurs, tailleurs, modistes, couturières, bijoutiers, tapissiers... Geneviève se laissait traîner
partout, indifférente, acceptant sans discussion tout ce que
son fiancé et sa tante choisissaient. Elle n'imposa sa volonté
que pour sa chambre. Candia avait donné l'ordre de dégarnir une aile de son hôtel afin qu'elle fût entièrement meublée
à nouveau, selon le goût de sa femme. Geneviève déclara
qu'elle ne voulait pas d'autre chambre que sa chambre de
jeune fille d'Epinay. Mme du Baudan s'emporta :

— Mais c'est absurde !

Candia la calma, d'un de ses gestes amollis et majestueux ; et il dit :

— Les moindres désirs de mademoiselle seront toujours
pour son mari la plus impérieuse des lois.

Il avait compris la pensée de Geneviève, qui, non seulement voulait rester jeune fille dans le mariage, mais toujours
vivre dans son cadre, dans ses souvenirs de jeune fille. Il ne
dit plus une parole à ce sujet.

Et, deux jours plus tard, comme Geneviève se trouvait
dans son hôtel, il la pria de monter à sa chambre. Tous ses
meubles d'Epinay y avaient été transportés en une nuit.
Candia ne s'était permis qu'une modification : il avait

fait tendre les murs avec une merveilleuse étoffe blanche,
à fleurettes roses et bleues nouées par de petits lacets de
ruban, faite de coupons de robes du dix-huitième siècle.
Malgré sa hautaine indifférence, Geneviève fut touchée
de cette délicate attention. Et, croyant à la parole donnée,
à l'entière loyauté du baron, elle lui tendit la main.

— Merci, monsieur.

Il faillit s'incliner, déposer un baiser brûlant sur cette
main adorée dont le contact le bouleversait. Il resta maître
de lui : ne devait-il pas calmer toutes ses ardeurs s'il voulait
l'apprivoiser? Et il agit, jusqu'au bout, avec une ruse consommée : ainsi, chaque jour, il adressait à sa fiancée les fleurs les
plus exquises, les plus rares, sans cesse des orchidées ; mais,
pour parfumer sa chambre, il n'avait mis qu'une branche de
lis dans le simple vase où Geneviève faisait baigner ses
fleurs à Epinay. Ce jour-là, elle se pencha et respira un
moment ce lis. Candia se retira alors.

— Permettez-moi de vous quitter quelques secondes : j'entends une voiture... Sans doute ma mère qui arrive...

— Et vous n'êtes pas allé au-devant d'elle? fit-elle d'un
ton de reproche.

— Je savais que vous seriez ici à l'heure où elle débar-
querait à Paris.

Et il sortit de la chambre, courant presque. Geneviève ne
pouvait pas ne pas être impressionnée par cet amour si profond, qu'elle avait tout fait pour décourager, et qu'elle sentait pourtant de plus en plus vivace, passionné.

Elle murmurait :

— C'est malheureux, bien malheureux...

Et elle songeait à pallier sa rigueur par l'amabilité affectueuse qu'elle allait montrer à la mère du baron.

Elle se rendit au-devant d'elle, le cœur prêt à l'aimer.

Mᵐᵉ Sermetis, mère du baron de Candia, était encore
dans l'antichambre, secouant la poussière du voyage, par-
lant haut, ayant déjà embrassé son garnement de fils.

— C'est donc bien vrai que tu te maries?... Ah! je la
plains! Tu lui en feras voir de dures, si tu lui fais seulement
la moitié de ce que tu as fait à ta mère !

Mᵐᵉ Sermetis était une grosse femme, d'assez haute
taille, jadis d'une éclatante beauté de brune, maintenant

lourde, épaissie, le visage hâlé comme celui d'une bohémienne, portant difficilement le chapeau, regrettant son fichu de paysanne. Elle n'aimait pas Paris, s'y sentant ridicule, craignant surtout d'y ridiculiser son fils; mais elle n'avait pu se résoudre à ne pas assister à son mariage, non pas uniquement par amour pour lui, mais par un besoin impérieux de voir la belle-fille qui lui donnerait des petits-enfants. Quand son fils l'introduisit dans le grand salon du rez-de-chaussée, où se trouvaient le comte de la Terrade, Gaston et Mme du Baudan, elle se sentit gênée : elle comprenait que, sous leur politesse affectée, ces deux beaux messieurs et cette dame à figure de poupée se moquaient d'elle. Elle lisait, dans leurs yeux, dans le plissement presque imperceptible de leurs lèvres, leur véritable pensée : « Voici une. bonne femme qui aurait tout aussi bien fait de rester chez elle! » Et elle trembla que ce ne fût aussi la pensée secrète de Geneviève.

La jeune fille entrait dans le salon.

— Ma mère, mademoiselle! prononça Candia, très ému.

Avec une adorable simplicité, Geneviève alla à Mme Sermetis et l'entoura de ses bras.

— Ah! mon Dieu! mon Dieu! bégayait la brave femme d'une voix étranglée. Ah! je suis contente que ce soit vous qu'il ait choisie!

Tout de suite, elle l'avait jugée bonne, honnête, une vraie femme, et non un de ces bijoux parisiens, dont elle redoutait le mépris. Et, plaçant ses mains un peu lourdes sur les épaules de la jeune fille, elle la contemplait, l'enveloppait de son regard de velours : elle avait des yeux admirables, des yeux de feu que l'âge n'avait pas ternis. Elle se retourna brusquement vers son fils.

— Elle vaut mieux que toi, dit-elle avec solennité; tâche d'être digne d'elle !

Candia eut un léger tremblement; et Gaston se dit que la vieille maman Sermetis devait en savoir de belles sur son fils.

Geneviève s'occupa aussitôt, avec une respectueuse discrétion, d'installer sa future belle-mère, qui se défendait vainement de ses soins.

— Je ne suis pas habituée à être si bien entourée dans ma montagne, disait-elle.

Mais elle éprouvait une délicieuse impression; et Geneviève, en accomplissant tout naturellement son devoir, ne se doutait

pas de l'importance que la tendresse de la vieille mère Sermetis aurait pour elle dans l'avenir.

— Ah ! mademoiselle, lui dit Candia, les larmes aux yeux,
l'accueil que vous avez fait à ma mère m'a touché jusqu'au
fond de l'âme.

— Votre mère semble bonne, monsieur, répondit simplement Geneviève ; elle trouvera toujours en moi une fille
respectueuse et dévouée.

Et, pendant les derniers jours qui précédèrent le mariage,
elle entoura de jolis soins sa future belle-mère ; elle rachetait
ainsi ce que sa conduite avait de dur, d'humiliant pour le
baron de Candia.

Enfin, le matin du mariage arriva ; et, devant l'énorme
affluence de mondains accourus à Sainte-Clotilde, Candia
oublia momentanément sa blessure d'amour-propre. Quand
il entra dans l'église et qu'il aperçut cette foule tournée vers
lui, ces têtes où il reconnaissait vraies duchesses et vraies
marquises, cette société jusqu'alors fermée pour lui et qui
allait être la sienne, il eut une bouffée d'orgueil. Et, en une
brusque vision, il se souvenait du petit Sermetis qu'il avait
été autrefois, embarqué à douze ans comme mousse, à cause
de son déplorable caractère ; il se rappelait sa désertion du
bord, sa vie d'aventurier, presque de bandit en Orient, et le
commencement de sa fortune, des razzias, des ventes d'es-
claves aux sérails de la côte africaine... Ah ! que tout cela
était loin !

Il venait de s'agenouiller auprès de Geneviève, il se pencha pour lui dire quelques mots... Et il n'osa pas.

Geneviève ne le voyait pas, ni lui, ni ses parents, ni l'autel,
ni le prêtre, ni rien de ce qui l'entourait. Un rêve l'emportait
bien loin de ces voûtes, bien loin de cette terre, dans le monde
divin où son fiancé reposait maintenant. Et elle le suppliait de
lui pardonner son infidélité. « Bien-aimé, murmurait-elle, toi si
bon, toi si généreux, tu as compris que mon sacrifice était
nécessaire. Toi mort, je me devais à ma famille. Mais je n'ai
vendu que mon nom : dans ce mariage maudit, je resterai
fidèle à ton souvenir... Et, puisque nous n'avons pu être unis
sur cette terre, nous nous retrouverons dans le ciel. »

Il fallut que le prêtre lui posât deux fois la question :

— Marie-Blanche-Geneviève de la Terrade, consentez-vous
à prendre pour époux Fabien-Jean Sermetis, baron de Candia ?

Ce fut comme un brusque réveil pour elle. Elle jeta un regard épouvanté à son mari. Candia la domina alors de ses yeux noirs qui flamboyaient; et, pour la première fois, elle eut peur de cet homme. Mais elle avait promis.

— Oui, répondit-elle.

Le prêtre bénissait l'anneau. Elle dut donner sa main à Candia; il la sentit toute glacée, ne se confiant qu'à regret.

— Et pourtant, murmura-t-il, je vous aime comme jamais femme n'a été aimée !

Elle parut ne pas avoir entendu; car, les yeux à demiclos, elle retomba dans sa contemplation, jusqu'au moment où on la conduisit à la sacristie pour signer sur le registre et recevoir les félicitations de ses amis.

— On te regarde, Geneviève ! murmura son père à son oreille avec un accent de reproche.

Elle comprit et se redressa.

Elle traça son nom d'une main ferme, puis se plaça, très droite, les lèvres plissées en un semblant de sourire, refoulant ses larmes, prête à la comédie qu'il fallait jouer. Et le défilé des mêmes, des éternels indifférents commençait, avec les mêmes phrases, les mêmes félicitations, les mêmes baisers; car des dames, qui l'avaient à peine connue, tenaient à l'embrasser... Et elle entendait la voix douce, un peu chantante, de son mari, remerciant ses amis avec une réelle émotion; et elle éprouvait un remords d'avoir accepté d'être sa femme si elle ne devait jamais lui appartenir.

Soudain, dans ces poignées de main d'indifférents, elle sentit une pression fiévreuse... Était-ce donc son rêve qui la reprenait?... Car, rien qu'à cette pression de main, elle aurait reconnu le bien-aimé... Était-ce Dieu possible?... Raymond, son Raymond se dressant devant elle, comme une terrible apparition ! Raymond, pâle, chancelant, mais vivant... puisqu'il pouvait lui dire avec une profonde amertume :

— Je vous félicite, madame, et souhaite, de tout mon cœur, que vous soyez heureuse !...

XII

L'IRRÉPARABLE

C'était bien Raymond, en effet, Raymond venant, à son tour, présenter ses compliments à la mariée. Comment se trouvait-il là? Comment, dans son état de faiblesse, avait-il pu accourir à Sainte-Clotilde?... Il ne savait pas... Il se souvenait seulement que sa grand'mère avait lu, dans leur jardin d'Asnières, l'annonce du mariage de Mlle de la Terrade, et que, après une sorte de cauchemar où il s'imaginait qu'il n'arriverait jamais à temps pour empêcher cette infamie, cette profanation, il était tombé accablé, oppressé, sur une chaise de Sainte-Clotilde, incapable de prononcer une parole, de faire un pas de plus, au moment même où Geneviève traversait la nef au bras de son père... Lorsqu'elle répondit le « oui » sacramentel, il se leva brusquement; mais il se retrouva cloué sur sa chaise, par les bras de Protais.

Cependant, le mariage impie était accompli; les époux étaient passés dans la sacristie, et la foule se précipitait, s'engouffrait par la petite porte. Raymond ne réfléchit point, ne se demanda pas ce qu'il allait faire. Il suivit la foule. Et quand il arriva devant Geneviève, il était à demi-étouffé. Et ce fut d'une voix bien faible, mais une voix où grondaient sa colère, son indignation, qu'il lui jeta ces mots :

— Je vous félicite, madame, et souhaite de tout mon cœur que vous soyez heureuse.

Et puis, un étourdissement le fit chanceler; ses yeux, déjà fermés, ne virent pas Geneviève qui tombait, aussi toute raide, comme une masse, sans pousser un cri. Il se rendit confusément compte qu'un bouleversement se produisait, que des exclamations étonnées se croisaient autour de lui, tandis que deux bras nerveux l'enlevaient, l'emportaient. Puis le calme se fit, il sentit une bouffée d'air frais. Et enfin il revint à lui, dans une voiture où Protais venait de l'étendre.

— Gare Saint-Lazare! criait le vieux domestique.

— Non, non! ordonna Raymond, je veux rester ici jusqu'au bout...

Et, se dissimulant dans le fond de la voiture, il interrogeait anxieusement :

— Qu'ai-je fait? Que s'est-il passé?

— Mais je n'en sais rien, monsieur le marquis! répondait
Protais d'un ton bourru. Je crois bien que vous avez adressé
quelques mots à la mariée avant de vous évanouir... Elle est
tombée, elle aussi... Et, comme tout le monde s'empressait
autour d'elle, j'ai pu vous emporter sans qu'on fasse seulement attention à vous et à moi, ce qui valait mieux, je pense?

— Oui, mon bon Portais, tu as bien fait... Je n'aurais pas
dû aller dans cette sacristie, puisque tout était accompli...
j'aurai dû me résigner à souffrir en silence; je n'ai pas pu...
Une force invisible m'attirait... Mais c'est fini... Et, pourvu
que je la voie vivante !

— Ça, monsieur, un évanouissement, on en revient toujours!

Geneviève, en ce moment, soutenue par son mari et par sa
tante, ouvrait lentement les yeux. On l'avait portée près
d'une fenêtre, on voulait dégrafer son corsage...

— Non, dit-elle, merci !... Je me sens mieux... J'avais seulement besoin de respirer...

— C'est pas étonnant! s'écria Mme Sermetis d'un ton
furieux; avec tout ce monde dans cette sacristie! En voilà
une drôle d'habitude!

Et elle s'agenouillait presque devant sa belle-fille, cherchant à sourire avec elle. Mais, après un regard rapidement
jeté sur ceux qui l'entouraient, Geneviève fixait les yeux sur
un lointain vague, un lointain de rêve. Car ce n'était pas possible que Raymond se fût dressé subitement devant elle;
c'était son remords qui le lui avait fait voir tout à l'heure,
comme elle le revoyait en ce moment, quoiqu'elle fût bien
certaine de n'avoir auprès d'elle que les membres de sa
famille. Et, dans sa pensée, elle disait : « Sois tranquille,
bien-aimé, je te reste fidèle. » Non, Raymond n'était pas
vivant! Raymond n'était pas venu; c'était une hallucination.
Personne d'ailleurs ne faisait la moindre allusion à lui, et
personne en effet ne l'avait vu. Au moment où Raymond était
arrivé devant elle, le baron de Candia se faisait présenter par

son beau-père à une duchesse et la saluait profondément ;
Gaston, à un autre bout de la sacristie, bavardait joyeusement avec des camarades de cercle ; Mme du Baudan s'épa-
nouissait sous des compliments de vieux beaux. Raymond
était passé inaperçu. On avait simplement entendu la chute de
Geneviève et tout le monde s'était précipité vers elle, et un
tel trouble s'était produit que Protais s'était facilement glissé
avec son maître hors de la sacristie sans éveiller le moindre
soupçon.

Et alors les derniers indifférents avaient regagné la nef,
déclarant que cette sacristie était une étuve. Et, le bruit de
l'indisposition de Geneviève se répandant, on en riait un peu,
en la mettant aussi sur le compte d'une taille trop finement
serrée.

Cependant, la nouvelle baronne de Candia se redressait,
dominait son trouble. Elle savait que tous les soi-disant amis
qui étaient venus la complimenter se pressaient maintenant
des deux côtés de l'allée de la nef, qu'on montait sur les
chaises et que, oubliant la sainteté du lieu, on riait, on bavardait, dans l'attente du dernier tableau du spectacle... L'orga-
niste faisait demander s'il pouvait commencer sa marche
triomphale...

— Allons ! dit Geneviève, levant un clair regard sur son
mari.

Il murmura, bien bas :

— J'ai prié Dieu qu'il vous rende indulgente.

Elle ne répondit que par un bien triste sourire.

Mme Sermetis les admirait naïvement.

— Ah ! qu'ils sont doux et beaux ! prononça-t-elle en
acceptant le bras du comte de la Terrade.

Et ils étaient maintenant dans la nef, enveloppés par les
glorieuses harmonies qui descendaient de l'orgue. Et, sur leur
passage, toutes les têtes s'inclinaient. Et la vue de Geneviève
provoquait un peu d'attendrissement ; son visage était d'une
pâleur de cire, et on remarquait que son mari devait l'entraî-
ner. Elle chancela sur les marches de l'église, et il dut presque
la porter dans son coupé. Les curieux n'y firent guère attention : ils étaient trop occupés à admirer les magnifiques
chevaux de sang que Candia avait achetés pour les offrir ce
jour-là à sa femme. Et, dans la voiture qui les emportait
comme un coup de vent, le baron n'osait plus prononcer une

parole. Il regardait timidement sa femme dont les yeux vitreux, droit fixés devant elle, l'épouvantaient. Il songea à prendre la main de Geneviève, à la baiser respectueusement, et il n'osa pas non plus. Et lui, si confiant la veille dans l'avenir, il se demandait s'il aurait jamais l'audace nécessaire pour franchir cette simple barrière, qu'un caprice de jeune fille avait élevée entre elle et lui. Il la respectait vraiment.

Geneviève eut pourtant le courage de se faire un visage souriant pour paraître dans les salons de Mme du Baudan bientôt encombrés d'une foule sémillante, qui renouvelait les compliments de la sacristie, avant de se restaurer au buffet. Et c'était d'interminables présentations, dont le comte de la Terrade s'acquittait avec un grand sérieux, payant en nouvelles relations le service immense que lui avait rendu son gendre ; car, depuis huit jours, tous les créanciers du comte avaient été désintéressés. Le baron était enchanté de se voir si amicalement traité par tous, il se sentait adopté par ce monde qu'il avait trouvé jusqu'alors impitoyablement fermé, et il en était reconnaissant non au comte de la Terrade, mais à sa fille.

Et puis, soudain, en quelques minutes, les salons se vidèrent... Geneviève se sentit tout oppressée, comme sous la menace d'un danger inconnu. Le comte et Gaston reconduisaient quelques intimes ; Mme du Baudan était allée donner des ordres. Et, pour la séparer de son mari, pour éloigner encore le tête-à-tête, Geneviève ne voyait plus que la vieille maman Sermetis, tapie dans une embrasure, comme cherchant à se faire oublier.

Un lourd et long silence tomba sur le salon où, peu à peu, l'obscurité se faisait. Geneviève, accoudée à une table, laissait poser sa tête sur son bras, lasse, accablée, les yeux mi-clos, se demandant si c'était bien elle l'épousée, si la loi, la religion la soumettaient à ce grand jeune homme qu'elle entrevoyait debout, l'enveloppant de son regard passionné, son regard profond qui, dans la pénombre, s'allumait de passagères lueurs. Et, instinctivement, comme cherchant une protection, elle alla s'asseoir, sur un tabouret un peu haut, contre Mme Sermetis, et se laissa doucement embrasser.

— Vrai ! interrogea la rude paysanne, vous ne m'avez pas trouvée de trop aujourd'hui ?

— Comment pouvez-vous me poser une semblable question, madame ?

— C'est que je lis cela dans tous les regards; et dans le vôtre je vois tant de bonté que je crains de m'illusionner. Et ça me fera tant de bien de penser que la mère de mes petits-enfants ne me dédaignera pas... Je sais bien que je suis ridicule ici...

— Oh! madame!

— Non, ne protestez pas! Dans mon village de Castillon, quand je commande à mes ouvriers, personne ne songe à me trouver ridicule, je suis la maîtresse... Mais ici, dans ce Paris, je ne suis pas à ma place, je le sais très bien; aussi, je ne vous y gênerai pas souvent... Promettez-moi seulement que vous consentirez à venir me voir dans mon pays, lorsque vous passerez l'hiver à Nice ou à Menton...

Geneviève écoutait à peine sa belle-mère, elle s'était uniquement attachée à ce mot :

— Mes petits-enfants!

Ainsi, on s'attendait à ce qu'elle fût réellement la femme de son mari? On lui parlait, comme d'une chose toute naturelle, des enfants que le baron de Candia et elle...

Comme elle se levait, suffoquée à cette pensée, le baron se rapprocha :

— Vous pouvez promettre à ma mère, madame, que nous irons quelquefois lui rendre visite dans son Midi... si, du moins, ce long voyage ne vous effraye pas?

— Non... non, balbutia Geneviève.

— Vous n'aurez d'ailleurs pas à redouter une installation de village, dit Candia en souriant : ma mère n'a jamais consenti à abandonner le toit familial; mais j'ai fait construire une villa au pied de son rocher : c'est un coin un peu sauvage, je crois que vous l'aimerez, lorsque vous serez fatiguée de Paris.

— Oui, monsieur, oui, je vous remercie.

Elle parlait d'une voix toute blanche, épouvantée de l'avenir qui la liait irrémédiablement à cet homme; et elle se figurait, avec un effroi insurmontable, ce tête-à-tête dans une solitude... Elle croyait deviner que son mari la mènerait là si, à Paris même, il ne parvenait pas à vaincre sa volonté. Elle sentait un précipice au-dessous d'elle, un précipice où elle tomberait impitoyablement. Et ce fut, pour elle, comme une délivrance momentanée que le retour, dans le salon, de Mme du Baudan et du comte de la Terrade et de son fils. D'un

coup d'œil, Gaston comprit l'espèce de gêne qui régnait entre
sa sœur et sa belle-mère et son mari, et il la dissipa vivement
en lançant un flot de boutades contre toutes les familles qui
avaient assisté au mariage. Personne mieux que lui ne connaissait les dessous de cette éblouissante société parisienne :

Était-ce Dieu possible ?... Raymond! son Raymond! (Page 78.)

et, à la stupéfaction de Mme Sermetis, il s'amusa à la déshabiller, autant pour ébouriffer cette provinciale que pour éloigner, en ce moment, tout sujet de préoccupation de l'esprit
de sa sœur. Puis on se mit à table, et à mesure que le repas
avançait, la verve de Gaston s'arrêtait. Tout le monde était
las, il ne provoquait plus le rire... Geneviève, d'ailleurs, ne
l'aurait plus écouté; elle avait été prise d'un tremblement
qu'elle était incapable de dominer, absorbée par cette
appréhension que chaque minute qui s'envolait la rapprochait
de son mari.

Le roulement d'une voiture la fit tressaillir.

— Votre coupé, madame, prononça le baron d'une voix très émue.

Il referma la porte... (Page 88.)

La voiture s'arrêtait en effet devant la porte. Geneviève s'attarda encore près d'une heure avec son père, avec sa tante... Enfin, elle s'enveloppa d'un long manteau; et, quoique le temps fût doux, elle frissonnait. Elle se blottit dans le fond du coupé et, durant tout le trajet, n'eut ni une parole ni un regard pour son mari. Et quand la voiture s'arrêta devant le charmant hôtel que possédait le baron rue Pergolèse, il sembla à Geneviève qu'elle allait entrer dans une prison.

XIII

NUIT DE NOCES

L'hôtel du baron se composait de deux ailes assez importantes reliées par une galerie. Au rez-de-chaussée, cette galerie était un petit musée, une annexe du grand salon ; au premier étage, elle était une serre, un merveilleux jardin des plantes les plus rares, séparant l'appartement de Geneviève de celui de Candia. Le baron fit passer sa femme par cette serre, et elle reconnut une dizaine d'arbustes, des rosiers, ses rosiers favoris d'Epinay qu'on avait transportés là... Et elle se rappelait que quelques jours auparavant, à la place de ces rosiers, il y avait une précieuse collection de fleurs africaines... Elle dit, cherchant à sourire :

— Merci, monsieur ; mais mes rosiers ne méritaient pas qu'on leur sacrifiât des fleurs si rares...

— Si leur vue vous fait quelquefois sourire, madame, j'aurai atteint mon but.

Ils entrèrent dans le petit salon attenant à la serre, une pièce tendue d'une ancienne soie héliotrope et meublée à la Louis XV. Par une porte ouverte à deux battants, on voyait la chambre blanche de Geneviève, et la jeune femme tremblait que son mari ne l'y suivît. Il se contenta de lui enlever lui-même son grand manteau ; et, comme il lui effleura le cou, elle sentit qu'il avait les mains brûlantes. En ce moment, une voiture s'arrêtait devant l'hôtel.

— Sans doute ma mère, que Gaston a la gracieuseté de me ramener, dit le baron ; permettez-moi d'aller les recevoir.

Il s'éloigna, laissant Geneviève très troublée...

— Il ne m'a pas dit adieu... Va-t-il donc revenir ?

Elle demeura quelques secondes, comme interdite, dans ce petit salon ; puis elle entra dans sa chambre. Une fine domestique l'attendait et, doucement, voulut aider sa maîtresse.

Dans sa première jeunesse, Geneviève avait eu une petite

bonne ; mais elle était déshabituée d'être servie depuis tant
d'années qu'elle faillit renvoyer sa femme de chambre. Elle
se dit cependant qu'elle se devait à ses domestiques comme
au monde, que la comédie qu'elle jouait n'était pas terminée.
Et, tandis qu'elle se faisait déshabiller, il lui fallut entendre
des compliments, qui lui semblèrent odieux, sur sa taille, sur
ses cheveux, sur la blancheur de sa peau et sur le bonheur
qu'elle avait d'être si passionnément aimée.

— Oui, madame la baronne, il n'y a rien, pas un détail
dans tout l'hôtel que M. le baron n'ait vu par lui-même ; ce
matin encore, il a passé partout, et il nous a donné dix fois
ses ordres...

— Bien, ma fille, bien ! fit Geneviève avec un léger mouvement d'humeur.

Mais la femme de chambre, qui achevait de tresser en deux
longues nattes les épais cheveux de la mariée, tint à déclarer
qu'on n'avait jamais vu au théâtre une aussi belle Marguerite
que Mme la baronne. Et elle voulait passer à sa maîtresse
son linge de nuit, une chemise chargée de point d'Alençon.
Geneviève la renvoya. Puis, elle revint vers son lit et contempla
cette lingerie extraordinairement riche, qu'elle ne se rappelait
pas avoir commandée.

— Du goût de ma tante, évidemment !

Que de choses elle avait dû choisir, sans même les voir,
pendant les quelques jours qui avaient précédé son mariage,
des choses qui la choqueraient par leur richesse ! Elle n'avait
pas un mouvement de coquetterie, elle regrettait son simple
linge de jeune fille, le linge qui l'enveloppait quand elle était
à Raymond... En se retournant, elle se vit dans la glace ; et,
comme elle était encore un peu dévêtue, elle frissonna. Et,
bien vite, elle s'enveloppa d'une robe d'intérieur en crêpe
blanc qui fit un nuage autour d'elle. Et, ayant poussé le verrou
de sa chambre, elle tomba à genoux, et, libre enfin, éclata
en sanglots.

— O mon père, murmura-t-elle, qu'avez-vous fait de moi !

Elle avait honte de tout ce luxe dont elle était entourée et
sentait tout ce qu'il y avait d'indélicat à tant accepter d'un
homme qu'elle traiterait toujours en étranger... Et elle se
rendait compte qu'elle avait tenté une chose impossible... Et
la parole que lui avait donnée son mari de la respecter lui
semblait une si petite barrière, une si légère défense, qu'elle

se releva et alla s'assurer qu'elle avait réellement bien fermé la porte, qu'on ne pouvait entrer chez elle contre sa volonté. Et, dans le calme qui se faisait peu à peu autour d'elle, se croyant en sûreté, du moins pour cette nuit, elle s'abandonnait au souvenir d'autrefois : et, pour la première fois depuis un mois, elle songeait à la minute de bonheur suprême qui avait précédé la catastrophe, le meurtre du bien-aimé... Pourquoi cette pensée lui venait-elle en ce moment ? Était-ce pour la défendre contre toute tentative de son mari ?... Elle levait les yeux au ciel, perdue en une divine extase, et elle serrait ses bras croisés sur sa poitrine, comme si elle avait pu presser Raymond : elle sentait le souffle de ses baisers. Ah ! que cela l'emportait loin de la luxurieuse demeure de son mari ! Et, comme plus un bruit ne troublait le silence de la nuit, que tout l'hôtel semblait endormi, elle oubliait qu'elle était une épousée, elle oubliait le tourbillon de drame où elle vivait depuis un mois, elle n'éprouvait plus la sensation de gouffre qui l'avait saisie à la fin de cette journée...

Elle était, toute, heureuse et tranquille, au souvenir des rêves passés. Et elle n'entendit pas d'abord, lorsque deux petits coups furent frappés à la porte de sa chambre. On frappa de nouveau, et elle s'éveilla comme en sursaut. Puis elle se redressa toute raidie, immobile, étouffant sa respiration, pour qu'on la crût doucement endormie. Elle sentait son mari de l'autre côté de cette porte, son mari affolé d'amour... Il frappa encore, toujours doucement, il ne voulait être entendu de personne dans l'hôtel, et cela rassurait un peu Geneviève : elle se disait qu'il allait se décourager, qu'il s'éloignerait... Il frappa une quatrième fois, et sa voix pénétrante murmura :

— N'ai-je pas fait assez pour que vous daigniez m'entendre ?

Il semblait timide, respectueux, il implorait... Et Geneviève se dit qu'elle devait l'entendre en effet, et que si une dernière explication devait avoir lieu entre eux, autant valait qu'elle eût lieu cette nuit même et que tout fût réglé définitivement, que son mari acceptât pour jamais la situation qu'elle lui avait imposée. Elle lui permit d'entrer dans sa chambre, mais tout de suite l'apostropha :

— Est-ce ainsi, monsieur, que vous respectez la parole donnée ?

Il referma la porte, puis marcha sur Geneviève, le visage éclatant de colère.

— La parole donnée! C'est ma bouche qui l'a donnée et
non mon cœur! Je sais bien que ce que je fais est d'une brutalité révoltante, je sais bien que vous allez me mépriser, que
jamais je n'aurais dû franchir le seuil de cette chambre, sans
y être appelé par vous... Mais je vous aime, est-ce ma faute?...

— Ne vous ai-je pas dit que jamais vous ne seriez aimé de
moi? Ne vous ai-je pas dit que notre mariage ne serait jamais
que l'association de nos intérêts?

Il eut un geste de fureur.

— Oui... Tout cela semblait possible, il y a un mois :
je ne voyais en vous qu'une charmante jeune fille, que j'aime-
rais très mollement, bourgeoisement, qui serait encore plus
mon amie que ma femme... Et, quand vous m'avez manifesté
vos capricieuses exigences, j'ai cru que je les respecterais
aisément parce qu'il n'existait entre nous aucun sentiment
extrême, ni haine ni amour... Mais je vous aime, entendez-
vous, autant que vous devez me détester, et je souffre horriblement de vous aimer! Et rien, rien au monde n'existera
pour moi tant que vous ne serez pas réellement ma femme!
Je vous adore, Geneviève, pardonnez-moi ma violence... Je
ne sais plus mesurer mes paroles... Mais je vous en supplie,
accordez-moi ce que j'aurais le droit d'exiger et que j'implore
humblement... Geneviève, soyez ma femme!

— Votre femme! s'écria Geneviève avec effroi.

Et elle se reculait instinctivement devant lui.

— Votre femme, monsieur! Mais vous m'avez donc abominablement menti! Vous avez abusé de ma simplicité de
jeune fille... Votre femme! En vérité, je me demande si c'est
bien vous qui prononcez une semblable parole! Votre femme?
Pour le monde, oui! Pour vous, jamais! Aussi longtemps que
vous l'exigerez, je jouerai la comédie mondaine à laquelle je
me suis prêtée aujourd'hui, malgré l'immense tristesse que
j'en éprouvais; aussi longtemps que vous le désirerez, je serai
la maîtresse de votre maison, j'entretiendrai, j'étendrai les
relations que vous donne ma famille : c'est ce que vous avez
cherché en vous mariant...

— Autrefois, oui! Aujourd'hui, non! interrompit Candia
avec une violence extrême. Ces relations, ce monde, je les
foulerais joyeusement aux pieds pour un mot d'amour de votre
bouche! Je vous aime, et rien n'existe plus en moi que
l'ardent désir d'être aimé de vous...

— Je vois, enfin, monsieur, combien j'ai eu tort d'avoir confiance en vous... Je vous estimais, j'étais prête à vous aimer fraternellement... Et vous me récompensez ainsi? Ah! retirez-vous, monsieur, si vous ne voulez pas que je quitte votre maison, cette nuit même, pour me réfugier auprès de mon père...

— Vous... me quitter!

Un flot de sang monta au visage du baron. Cette pensée le faisait chanceler.

— Vous êtes bien imprudente de me braver! Je vous aime, vous êtes ma femme...

Il s'élançait sur la jeune femme, l'enveloppant presque de ses bras; et, comme elle s'éloignait toujours, il l'acculait presque devant le lit... Mais, soudain, Geneviève sentit une petite table derrière elle, et elle se souvint que, sur cette table, il y avait un couteau corse. Elle le saisit brusquement, et, levant la main, allait se porter un coup dans la poitrine...

— Vous croyez-vous donc le droit de vous tuer? s'écria le baron en ricanant.

Et déjà, il saisissait la main de la jeune femme. Geneviève blêmissait, sentant bien qu'elle ne pouvait résister à cette pression de fer.

— Ah! que vous me faites mal! murmura-t-elle.

— Je veux que, de vous-même, vous laissiez tomber cette arme et que vous me promettiez de ne plus recommencer une semblable tentative! Car je veux que vous viviez, même si vous devez me mépriser toute votre existence...

Et il ne desserrait pas son étreinte. Geneviève laissa tomber son couteau.

— Oui, murmura-t-elle lentement, oui, vous avez le droit d'exiger que je vive, et je vivrai; mais, s'il vous reste un peu de pitié au fond du cœur, épargnez-moi de telles violences... Je n'ai pas été habituée, monsieur, à me voir si rudement traiter. Il faudra que j'aie le temps de m'accoutumer à votre caractère... Mon père et mon frère ne m'ont jamais manifesté beaucoup de tendresse; mais ils n'ont jamais manqué d'égards envers moi... Et je ne croyais pas, monsieur, qu'un homme pût lever la main sur une femme...

Candia écartait lentement ses doigts du poignet de Gene-viève; et, à mesure qu'elle parlait, d'une voix blanche, comme une voix lointaine, il se mettait à trembler : il avait honte de ce subit accès de violence; et, furieux contre lui-même, il baissait les yeux. Enfin, après une longue lutte contre lui-même, il tomba aux genoux de sa femme et sanglota en baisant ses pieds.

— Comme vous m'humiliez! murmurait-il. Ah! ne craignez plus rien, madame, je suis enfin redevenu maître de moi. Pardonnez-moi ma folie... Ce matin encore, je me disais que je ne voudrais vous recevoir que de vous-même, je me promettais d'être fort contre mon amour, j'étais loyalement disposé à tenir mon serment de vous respecter. Je ne renonçais certes pas, pas plus que maintenant, à me faire aimer de vous; mais je m'étais tracé une rigoureuse ligne de conduite, celle que je suivrai d'ailleurs. Je veux être, désormais, votre serviteur bien humble, bien dévoué.., Je n'ai pas su demeurer cela aujourd'hui, mon amour m'a égaré, j'ai perdu tout le chemin accompli dans votre esprit, je n'ose pas dire dans votre cœur... Pardonnez-moi!

Il prit les mains de Geneviève et y mit ses lèvres brûlantes. Puis, il se retira à reculons, enveloppant la jeune femme de ses regards de feu. Et il partit enfin, d'un pas chancelant. Et Geneviève qui, toute tremblante, refermait la porte de sa chambre, l'entendit qui sanglotait éperdument dans la serre.

XIV

BARONNE DE CANDIA

Geneviève eut quelques instants de bonheur lorsqu'elle s'éveilla au milieu de la matinée. La vue de sa modeste chambre de jeune fille, de ses chastes meubles blancs et bleus lui donnait, comme en un rêve, la sensation de l'autrefois, lorsqu'elle s'éveillait, souriante, à Epinay, la pensée toute pleine de Raymond..., que le soleil et le parfum de ses fleurs venaient la caresser. Et elle demeura assez longtemps, les yeux mi-clos, essayant d'oublier la réalité, de ne pas entendre les bruits de l'hôtel. Et elle se disait qu'elle aurait ainsi de longues heures de solitude, qu'elle diviserait sa vie en deux parts, dont l'une appartiendrait rigoureusement au monde, à son mari, mais dont l'autre serait sienne et où elle pourrait s'abandonner sans contrainte à la douceur des souvenirs heureux. Soudain elle distingua la voix de son mari. Il était dans la serre et parlait très bas. Elle se leva et alla coller son oreille contre la porte. Il interrogeait la femme de chambre :

— Alors, madame n'a pas encore sonné?

— Non, monsieur; et je n'ose pas entrer...

— Gardez-vous-en bien. Madame est très fatiguée. Seulement, dès qu'elle s'éveillera, demandez-lui si elle veut bien me recevoir.

Et Candia quitta la serre, sifflotant très joyeusement une ariette provençale, en homme parfaitement heureux. Geneviève comprit qu'il commençait de jouer l'indispensable comédie du mari satisfait : ne fallait-il pas tromper les domestiques, ces terribles indiscrets? Elle pensa qu'elle devait l'aider... Et bientôt elle était debout, appelait sa femme de chambre, se laissait coiffer, puis faisait prévenir le baron qu'elle l'attendait. Il se présenta très gentiment devant elle, ayant séché toutes ses larmes, le regard clair et content, les lèvres aimables. Il tenait à la main un simple bouquet de fleurs champêtres. Et, tandis que la femme de chambre allait et venait dans la pièce, l'oreille aux aguets, sous prétexte de « préparer les affaires de madame », il dit en s'inclinant :

— J'ai pensé que vous deviez être fatiguée de l'éternel, du classique bouquet du fiancé avec son papier à dentelle; et, en vous quittant ce matin, je suis allé, comme le ferait le plus humble de mes employés, vous cueillir ces simples fleurs dans le Bois de Boulogne... Que mes amis riraient de moi, s'ils apprenaient une chose semblable !... Mais vous me pardonnerez, je l'espère, cet enfantillage ?

— Je les trouve charmantes, mon ami, et je vous en remercie.

Et elle respira, dans ce bouquet de fleurettes, la bonne fraîcheur de l'herbe. Dès que la femme de chambre se fut retirée, le baron dit d'un ton légèrement amer :

— J'ai prononcé des paroles qui vous ont peut-être blessée? Mais vous devez comprendre qu'elles étaient indispensables...

— Votre amitié ne me blessera jamais, répondit Geneviève avec une grâce un peu hautaine. Et je vous suis vraiment reconnaissante de m'avoir apporté ces petites fleurs. — Puis-je maintenant aller embrasser votre mère?

— Elle vous accueillera de grand cœur. Rappelez-vous que vous m'avez promis d'avoir un peu pitié d'elle?

— J'accomplis toujours mes promesses, monsieur, sans qu'on ait besoin de me les rappeler.

Elle se rendit auprès de la vieille maman Sermetis, qui l'appela sa chère enfant et la serra avec effusion sur sa grosse poitrine.

—Mais je suis une sotte, s'écriait la mère de Candia, oui, une sotte! J'aurais dû partir hier pour ma Provence, vous laisser tous les deux! Est-ce qu'on doit troubler des amoureux?... Et voilà! Je n'ai pas su : j'avais envie de vous revoir encore, bien moins lui que vous, que j'aime de tout mon cœur!

— Moi aussi, madame, je vous aime bien.

Candia la remercia d'un regard chargé de reconnaissance. Et Geneviève demanda alors à sa belle-mère de rester à Paris jusqu'au moment où eux-mêmes s'absenteraient. Maman Sermetis se fit bien prier; mais elle accepta, les larmes aux yeux. Et il sembla à Geneviève qu'elle serait tranquille pendant tout le séjour de sa belle-mère.

Une semaine s'écoula dans une parfaite intimité, avec de rares apparitions du comte de la Terrade ou de son fils, une seule visite de Mme du Baudan; et, grâce à ces bonnes langues, le bruit se répandait dans Paris que les Candia formaient un très heureux ménage. Le baron ne quittait sa femme que pour passer les heures indispensables dans sa maison de banque, et il revenait bien vite se mettre aux ordres de Geneviève, l'enveloppant des plus délicieuses gâteries, mais ne faisant plus la moindre allusion à son amour ou à leur étrange situation. Et malgré la quiétude où elle vivait, Geneviève éprouvait parfois des moments d'angoisse, comme sous la menace d'un danger inconnu.

Trois semaines environ après son mariage, le comte de la Terrade se présenta une après-midi chez elle. Et tout de suite, elle vit qu'il était très préoccupé, très inquiet.

— Tu es seule, Geneviève?

— Oui, mon père.

— Ton mari ne reviendra sans doute pas avant une heure ou deux?

— Je ne le pense pas.

— Tant mieux ! J'ai besoin de te parler en secret.

Toute bouleversée par l'agitation de son père, Geneviève balbutia :

— Vous avez besoin de me parler en secret... de mon mari ?

— De lui, de toi, de moi ! Allons dans ta serre, là-haut ; c'est le meilleur endroit de ta maison pour causer loin des indiscrets.

Quand ils furent installés sur un petit banc que recouvraient des coussins de peluche, le comte, plongeant ses yeux dans ceux de sa fille, prononça lentement :

— Où en es-tu avec ton mari ?

— Que voulez-vous dire, mon père ? demanda la jeune femme avec un mouvement d'indignation.

— Ma chère enfant, tu t'es conduite en fille parfaite, dévouée, et je t'en ai une grande reconnaissance ; je t'ai plainte et te plains encore de toute mon âme, mais nous étions forcés de nous incliner devant la destinée, si nous ne voulions pas sombrer : tu m'as sauvé... Merci !

— Eh bien, mon père, qu'avez-vous encore à exiger de moi ?

Il la fouilla, de nouveau, de son regard.

— Ton mari t'aime profondément ; toi, tu ne l'aimes pas, je le sais, c'est ton droit ; mais n'as-tu pas commis quelque imprudence à son égard ? Ne l'as-tu pas blessé par ton orgueil ?

— Qu'est-ce qui peut vous faire supposer une chose semblable, mon père ?...

— As-tu loyalement satisfait son amour ? interrogea le comte d'une voix à peine perceptible.

— Oh ! mon père ! murmura Geneviève, rouge de honte.

— Ma foi, tant pis si je m'exprime un peu maladroitement ! Tu n'as plus de mère, et les hommes sont toujours sots pour parler de ces sortes de choses... Nous devons beaucoup au baron, et c'est toi seule qui peux acquitter notre dette envers lui. Tu l'as fait, je n'en doute pas ; mais je crains que ton orgueil n'ait gâté nos affaires, car le baron n'agit pas envers moi comme je m'y serais attendu. Je suis encore entre ses mains, et il ne me plaît pas d'y rester plus lontemps...

Le visage de Geneviève se plissa douloureusement : encore des questions d'affaires, d'argent ! Elle avait cru en finir, d'une seule fois, avec ces turpitudes... et elle avait à peine eu le temps de s'accoutumer à sa nouvelle vie que cela recommençait! Elle eut un geste de dégoût; mais son père ne sembla pas s'en apercevoir; il exposait sa situation avec le plus tranquille cynisme :

— Par suite des circonstances que je t'ai déjà expliquées et sur lesquelles il est inutile de revenir...

— Oh! Dieu non, mon père!

— J'avais près de deux millions de dettes. Tous mes créanciers, d'ailleurs, confiants dans mes idées, dans mes plans d'avenir, attendaient qu'une heureuse spéculation me permît de les désintéresser. Ton mari s'est d'abord conduit très gentiment : sur ta promesse que tu consentais à l'épouser, il a tout payé; il faisait d'ailleurs un assez beau mariage pour se montrer généreux. Mais il a cessé, une fois le mariage accompli, de se conduire en gentilhomme... Malgré mes allusions, il semble ne pas comprendre que les papiers, les titres relatifs à ces dettes doivent se trouver dans ma caisse et non dans la sienne, de telle sorte que, si je ne suis plus le débiteur d'une cinquantaine de bonshommes que je traitais de haut, j'ai un unique et formidable créancier qui est mon gendre... Cela est inadmissible!

Et le comte répéta plusieurs fois, comme profondément outragé :

— Oui... inadmissible... inadmissible... je ne puis consentir à demeurer sous la dépendance d'un petit monsieur...

— A qui vous devez une immense gratitude, mon père! interrompit Geneviève, indignée.

Certes, elle n'aimait pas son mari; mais elle reconnaissait loyalement que, depuis le jour où il lui avait été présenté, c'est lui et non la famille de la Terrade qui jouait le beau rôle.

— Vas-tu prendre la défense de ton mari contre moi? s'écria violemment le comte.

Mais, s'adoucissant aussitôt :

— Ma chère petite, le baron a donc réuni le dossier de mes affaires; il l'a enlevé de sa maison de banque, il l'a transporté ici, j'en suis certain, Gaston l'a vu... C'est évidemment dans l'intention de me le remettre; mais je trouve qu'il tarde à le faire. Voyons, ne t'en a-t-il pas parlé?

— Les affaires de mon mari ne me regardent pas!

— Tu as dû voir pourtant ce dossier dans son cabinet... là... près de cette serre?

Candia avait installé son cabinet dans la pièce qui correspondait au petit salon de Geneviève; et la porte de cette pièce n'était pas fermée, à peine poussée... Le comte se levait lentement, se glissait jusqu'à cette porte. Il n'eut qu'à l'entr'ouvrir pour voir, sur le bureau de Candia, un énorme dossier bourré de traites et de papier timbré. Quelques pas de plus, un peu de hardiesse, et il s'en emparait.

Il tenait à la main un simple bouquet de fleurs champêtres.
(Page 92.)

Mais Geneviève avait bondi et lui barrait le passage.

— Oh ! pas cela, mon père !

— Tu diras, qu'entrant par hasard dans cette pièce, tu as vu ces papiers et que tu as cru...

— Je ne pourrai rien dire de semblable, mon père ; car je ne pénètre jamais ici.

— Tu n'es donc pas plus avancée que cela dans l'intimité de ton mari ?

— Je ne veux pas qu'on touche à quoi que ce soit dans cette maison en l'absence de mon mari !...

Le comte la regarda en dessous, marmottant :

— Voilà des scrupules bien inutiles; tu t'en débarrasseras !

Geneviève restait debout, intrépide, devant l'appartement de son mari.

— Soit ! finit par dire le comte, tu as sans doute raison, et il ne sera pas mauvais que tu donnes une leçon à mon gendre...

— Moi !... Donner une leçon au baron ! balbutia Geneviève interloquée.

— Mais tu t'es donc enflammée pour lui, toi qui le traitais de si haut ?

— Je n'ai aucune confidence à vous faire sur mes sentiments, mon père ; mais la conduite de mon mari est toujours si délicate envers moi et les miens que je n'ai pas autre chose à lui dire que : merci !

Le comte rougit violemment, et un long frisson de colère l'agita.

— Je vois que j'avais eu tort de compter sur toi. Adieu !

— Pour tout ce qui sera juste, mon père, vous pouvez compter sur mon respect et mon dévouement.

— Voilà des scrupules bien inutiles, dit le comte. (Page 97.)

— Si tu crois que la justice est de ce monde, toi !... Enfin, adieu !

Et il partit en songeant :

— Raté aujourd'hui; mais elle y viendra !

Après le départ de son père, Geneviève eut une grande crise de larmes. Elle était profondément humiliée : sa famille ne voyait, dans son mariage, que le profit qu'elle pouvait en tirer : quelle honte, vis-à-vis d'un homme qui écartait dédaigneusement toutes ces questions d'argent et dont l'unique ambition était, maintenant, de conquérir par sa tendresse le cœur de sa femme !

Maman Sermetis la surprit au milieu de son désespoir; et, tout de suite, elle déclara qu'elle savait la cause de ces larmes : quelque méchanceté, quelque brutalité de son fils! Et Geneviève niant, Geneviève assurant que son mari était bon...

— Ta, ta, ta! Je sais bien, moi, de quoi il est capable! Et pourtant, je le trouve moins violent qu'autrefois; c'est vous qui l'avez adouci, vous qui aurez été le bon ange de sa vie.

— Oh ! je vous en prie, ne lui dites pas que vous m'avez vue pleurer.

— Dieu non ! Je ne me mêlerai jamais de ce qui se passe entre vous; je me contente de vous aimer.

Quelques jours encore s'écoulèrent. Mᵐᵉ Sermetis avait annoncé son départ, et elle ne quittait plus Geneviève, jouissant des dernières heures. Le baron semblait et se déclarait très heureux.

Mais, un matin, Geneviève, un peu effrayée, se trouva seule en face de lui : maman Sermetis avait quitté Paris en suppliant qu'on vînt lui rendre visite en Provence. Cependant, Candia ne changea rien à la ligne de conduite qu'il s'était tracée, entourant sa femme des soins les plus exquis, ne s'absentant que pour ses affaires, et toujours aussi respectueux qu'un fiancé, ramenant le soir Geneviève à la porte de sa chambre et se permettant uniquement de lui baiser la main, un baiser dont la brûlure renouvelait chaque soir les angoisses de la jeune femme.

Maintenant qu'elle était seule, absolument libre, certaine que son mari n'exerçait contre elle aucune surveillance, elle songeait à s'échapper un jour, tandis qu'il la croirait à la promenade ou dans quelque magasin : elle irait à Asnières, elle retrouverait la maison du bien-aimé, elle saurait où on lui avait élevé une tombe, elle pourrait aller prier sur la terre qui le recouvrait, la fleurir... Elle croyait si fermement qu'il était mort! Et elle était si bien persuadée qu'elle avait été victime d'une hallucination à Sainte-Clotilde! Et une après-midi, après avoir fait une courte promenade dans le Bois de Boulogne, elle renvoya sa voiture, dit qu'elle rentrerait à pied et se dirigea aussitôt vers le chemin de fer de Ceinture.

Quelques instants plus tard, elle descendait à la gare Saint-Lazare et repartait pour Asnières. Dans le wagon, elle mit une double voilette : elle n'allait certes rien faire de mal, mais elle devait sauvegarder la réputation de la baronne de Candia. Arrivée à Asnières, elle s'engagea timidement dans les petites rues, bordées de jardins minuscules, qui longent la Seine. Elle ne voulait demander son chemin à personne ; elle essayait de se diriger grâce aux vagues indications données autrefois par Raymond. Après une heure de recherches, elle aperçut enfin le nom de la rue...

— C'est ici qu'il habitait !

Elle resta plusieurs minutes immobile, suffoquée, avant d'oser pénétrer dans cette rue. Et elle se demandait ce qu'elle ferait quand elle arriverait devant la maison. Entrerait-elle ? Et quel prétexte inventer pour cela ? Aurait-elle la force de s'adresser à cette vieille grand'mère, à ce vieux serviteur, dont Raymond avait été l'unique espérance en cette vie ?... S'ils allaient deviner qui elle était, elle, la cause de l'irréparable malheur !... Et peu à peu elle s'engageait dans la rue, glissant contre les petits murs ou les haies fleuries qui délimitaient les jardins. Et, à mesure qu'elle se rapprochait du numéro de Raymond, son cœur se serrait.

Soudain, elle crut que la terre s'entr'ouvrait, que tout s'écroulait sur elle. Elle avait entendu, réellement entendu sa voix qui disait :

— Non, Protais, non ! Je ne veux pas encore rentrer : il fait si bon ici...

Alors, Geneviève tomba à genoux, toute secouée de sanglots...

Raymond était vivant !

Elle pouvait le voir, à travers les branchages de la haie, étendu dans un long fauteuil, entouré de couvertures, et si pâle que le souffle de la mort semblait encore sur lui. La vieille marquise se promenait dans les petites allées, toujours coquette, la figure fraîche sous sa mantille, les mains très finement gantées, et elle disait :

— Laisse-le donc un peu, Protais, si ce soleil couchant lui fait du bien !

— Oui, oui, bougonna Protais ; avec ça que ça nous réussit quand on désobéit au docteur !

Il était devenu très autoritaire, Protais, depuis l'extravagante folie de Sainte-Clotilde. Raymond se laissa emmener ; mais à mi-chemin de la maisonnette, il demanda :

— Mon rosier.

Protais se baissa pour prendre un amour de rosier du Bengale planté dans un pot et le donna à Raymond qui le respira longuement. Geneviève reconnaissait la bouture prise à Épinay. Et, quand Raymond eut disparu dans la maisonnette, elle se releva, péniblement, le visage sec, les yeux en feu, la gorge si étranglée qu'elle dut défaire le col de son vêtement....

Était-ce possible? Raymond vivait! Et elle était à un autre!

— Non, non! je ne le veux pas! Et, puisque je ne puis être à Raymond...!

Une ruelle était devant elle, menant à la Seine. Elle courut à la berge et allait se précipiter...

— Mais je n'en ai pas le droit! Ce serait manquer à ma parole, au marché que j'ai volontairement conclu!... Je me dois à cet homme!

Et, quand elle revint, à l'heure du dîner, à l'hôtel de la rue Pergolèse, elle avait honte, comme si elle sortait d'un rendez-vous criminel.

— Pardonnez-moi, murmura-t-elle; je me suis attardée, mon ami...

— Je ne vous reprocherai jamais de vous attarder chez les malheureux, dit galamment le baron.

Il fournissait, de la meilleure foi du monde, une excuse à sa femme. Et il ajoutait :

— Seulement, convenons bien que je serai toujours de moitié dans vos charités.

Ils demeurèrent très silencieux pendant tout le repas, et Geneviève remarqua que son mari semblait assez préoccupé.

Le soir, à l'heure habituelle où il lui disait adieu, il alla dans son appartement et en revint portant une grosse liasse de papiers, dans laquelle Geneviève reconnut aussitôt le dossier de son père.

— Ma chère amie, demanda-t-il comme gêné, voudriez-vous m'accorder quelques instants d'entretien?

XV

HEUREUX PÈRE

Geneviève jeta un regard effaré sur son mari, sur ce dossier surtout, une menace terrible dont il allait se servir sans doute... Et, craignant que, dans le salon, trop ouvert aux domestiques, une oreille indiscrète ne surprît le mystère de son mariage, la honte de la famille de la Terrade, elle dit :

— Montons, mon ami.

Elle espérait rester dans la serre ; mais le baron lui montra une petite porte dissimulée dans les feuillages où aboutissait un escalier de service.

— Je redoute toujours les indiscrétions ; permettez-moi d'entrer chez vous... ou ayez la bonté de passer dans mon cabinet.

Elle voulut lui prouver qu'elle ne le craignait point ; et bravement :

— Chez moi, monsieur !

Ils pénétrèrent dans son petit salon, et Candia en referma soigneusement la porte. Auparavant, il avait posé le dossier sur une table. Et il demeura assez longtemps sans oser parler, visiblement timide, gêné... Et Geneviève, semblant très calme, dut l'interroger.

— Puis-je vous être bonne à quelque chose, mon ami?

— J'ai besoin que vous m'écoutiez avec beaucoup d'indulgence, répondit lentement Candia. Malgré la franchise avec laquelle nous nous traitons habituellement, j'ai aujourd'hui des choses si délicates... même un peu pénibles à vous communiquer !

— Parlez en toute liberté, mon ami.

— C'est que je crains de mal expliquer ma pensée... Peut-être croirez-vous que je suis uniquement poussé par le désir de faire étalage de services rendus?

— Je croirai exactement ce que vous me direz.

— Eh bien, ma chère amie...

Il mettait la main sur le dossier.

— Il s'agit d'argent ! Nous en avons bien rarement parlé, et nous allons en parler pour la dernière fois...

Il avait des larmes dans la voix ; et il dut s'arrêter pour dominer son émotion.

— J'ai besoin de vous parler de votre père, et il faut que je le fasse en toute liberté... Et ce n'est pas du bien que j'aurai à vous en dire.

— Monsieur ! prononça Geneviève avec un mouvement d'indignation.

— Oh ! vous souffrez trop par lui pour que vous ne m'écoutiez pas jusqu'au bout.

— Je ne me reconnaîtrai jamais le droit de juger les miens.

— Vous auriez raison, si les mobiles auxquels vous obéissez étaient les leurs ; mais ils agissent vis-à-vis de vous, comme vis-à-vis de tout le monde d'ailleurs, avec un si terrible égoïsme que mon devoir est de vous protéger.

La voix de Candia était ferme, maintenant, même un peu autoritaire.

— C'est une chose abominable que la façon dont notre mariage a été conclu. On vous a sacrifiée, on a disposé de vous comme si vous étiez un objet, une bête de prix, ou une propriété... Oh ! ne m'interrompez pas ! Vous allez me dire que j'ai été complice, que j'ai profité de cette monstruosité...

— Il me semble en effet que...

— Je vous répondrais aisément que j'ai une sublime excuse, que j'aurais fait encore plus pour vous posséder, puisque je vous aime follement !... Mais j'ai promis de ne plus vous importuner de mon amour !

Il eut un soupir, comme un hoquet, puis reprit avec un accent de douleur :

— Comment se résoudra notre situation ? Serons-nous à jamais deux étrangers l'un pour l'autre !... Peu importe en ce moment ! Ce n'est pas ce que j'ai à examiner. Mais vous êtes ma femme, et j'entends que ma femme soit libre, heureuse, dégagée de tous les soucis de la vie ; et, si je consens à ce qu'elle ne soit pas sous ma dépendance, ce n'est pas pour qu'elle retombe sous celle de son père !

Geneviève baissa la tête : elle comprenait la généreuse pensée de son mari.

— Je crois donc sage de mettre un frein à l'éternelle jeunesse du comte de la Terrade ; mais je ne veux pas non plus que, ni maintenant ni jamais, vous ayez à souffrir de voir votre père sous la dépendance de votre mari : il sera uniquement sous la vôtre. Voici le dossier de toutes ses affaires, c'est vous qui devenez son unique créancier...

— Mais que voulez-vous que je fasse de tout cela, monsieur ? balbutia Geneviève.

— Le garder, simplement. Votre père saura, par moi, qu'il doit désormais respecter votre tranquillité : sa situation sera d'ailleurs très satisfaisante, car il aura un intérêt dans ma maison de banque. Il ne vous importunera plus, comme j'ai compris qu'il avait osé le faire, de ces questions d'argent qui vous sont horriblement pénibles... Et, quant à nous, madame, nous n'en parlerons plus !

— Vous vous conduisez en vrai gentilhomme, murmura Geneviève prodigieusement embarrassée, je ne sais comment vous remercier...

Il lui baisa la main et se retira. Geneviève demeura longtemps immobile, hypnotisée par la vue de ce dossier, écrasée par la générosité de son mari, non par la générosité du million, mais par la délicatesse avec laquelle il la rendait indépendante, maîtresse de son père. Sans être experte en affaires, elle avait déjà éprouvé cette crainte de voir le comte lancé dans de nouvelles spéculations, y sombrant encore et venant lui demander l'aide de son mari ! D'avance, Candia s'enlevait cette arme si puissante : il restait fidèle à son serment de ne conquérir sa femme que par le cœur... Et la malheureuse se sentait si irrémédiablement enchaînée à lui que, les jours suivants, malgré une perpétuelle vision du malade étendu dans le petit jardin d'Asnières, elle n'osa pas quitter Paris.

Et pourtant, la pâle et mélancolique figure de Raymond était sans cesse devant ses yeux. Elle comprenait qu'il s'était résigné, qu'il avait consenti à souffrir en silence pour ne plus troubler sa vie. Sans doute il avait appris son mariage par les journaux, au moment même où il s'accomplissait, et il était accouru à Sainte-Clotilde dans un coup de folie, déjà presque guéri ; et l'émotion, le désespoir avaient encore failli le tuer... Vingt fois Geneviève commença une lettre pour lui expliquer sa conduite, implorer son pardon ; et elle brûlait tous ces chiffons de papier, et l'invincible désir de revoir Raymond lui étreignait le cœur.

Elle céda, un jour, incapable de lutter plus longtemps : dès le matin, elle savait qu'elle irait à Asnières, et elle prévint son mari qu'elle rentrerait peut-être tard.

— Si c'est pour vos pauvres, dit-il avec sa bonne grâce habituelle, soyez très généreuse : j'ai une liquidation superbe à la Bourse.

Au milieu de l'après-midi, Geneviève arrivait à Asnières, décidée à une folle tentative : elle ferait appeler Protais par un voisin, et elle lui demanderait si Raymond était en état de la recevoir. Elle n'avait pu se résoudre à écrire une lettre : c'est si sec, une feuille de papier! Tandis que, par sa parole si douce, elle mettrait un baume sur la douleur de Raymond, elle lui apprendrait à se résigner comme elle se résignait elle-même...

Mais quand elle se trouva devant la maisonnette, elle eut un brusque sursaut : *tout était clos*... Elle s'approcha, regarda par-dessus la haie : les allées du petit jardin n'étaient plus ratissées; herbes, plantes et arbustes poussaient à l'aventure; et, au milieu d'une rangée de pots, il y avait une place vide : le petit rosier du Bengale avait disparu. Accablée par l'incertitude, Geneviève dut s'appuyer sur la petite haie; puis ayant un peu pleuré, elle se hasarda à sonner, un timide coup de la cloche suspendue à la grille. Elle sonna plusieurs fois, mais n'obtint aucune réponse. Enfin, comme elle s'éloignait, une voisine parut sur sa porte et dit :

— Ils sont partis, madame.

— Ah! prononça Geneviève, essayant de se donner une allure indifférente. Et vous savez peut-être où ils sont allés?

La voisine secoua la tête. Non, elle ne savait pas : des gens qui ne contaient leurs affaires à personne, quoique le jeune homme ne fût pas fier; mais la vieille dame avait certainement le mépris de ses voisins...

— C'est pour la convalescence du blessé? interrogea Geneviève en tremblant.

— Ça se peut... oui, j'ai entendu dire par le médecin, au moment où ils partaient, que le changement d'air achèverait de le guérir... Mais il était encore bien pâle; et ça se comprend, après une pareille aventure...

— Pensez-vous que quelqu'un connaisse leur nouvelle adresse dans le quartier?

— Non, non! Ils ne l'ont donnée à personne.

Geneviève revint, désespérée, à Paris, et elle se sentit si lasse, un peu prise par la fièvre, qu'elle s'étendit sur le canapé de son petit salon, enveloppée de couvertures. Son mari la trouva ainsi, quand il rentra à l'heure du dîner. Il ne lui posa aucune question embarrassante, lui offrit seulement d'envoyer chercher son médecin... Geneviève refusa avec énergie : que pouvaient les médecins pour elle?

Et pourtant, elle aurait été incapable de passer cette soirée debout : elle éprouvait non seulement un accablement moral mais une lourdeur matérielle contre laquelle elle ne pouvait lutter... Elle se laissa ramener dans sa chambre, et on la coucha, sans qu'elle éprouvât maintenant d'autre désir que d'être étendue, de s'oublier dans le repos absolu.

Elle dormit mal jusqu'au matin : plusieurs fois, des étouffements, des spasmes interrompirent son sommeil, la redressant, toute frissonnante, sur son lit. Elle ne voulut pas appeler, cependant, craignant la venue de son mari. Elle ne dormit vraiment que le jour; mais, une heure après son réveil, elle était reprise des mêmes étouffements. Depuis un mois déjà, son cœur était sans cesse agité de palpitations, elle sentait son corps tout changé, mais ne s'en étonnait point : le corps devait bien souffrir des déchirements de l'âme. Jamais, toutefois, elle n'avait été accablée à ce point; et, lorsque son mari vint s'informer de sa santé, il éprouva une réelle inquiétude.

— Vous me permettrez, ma chère amie, de prévenir le docteur Grandier : c'est un médecin encore jeune, mais en qui j'ai une grande confiance.

Geneviève fut prise d'un tremblement.

— Vous avez certainement la fièvre, continuait Candia, vous frissonnez... Votre jolie petite main est toute brûlante... Je crois bien que Grandier nous dira du mal de Paris et nous ordonnera de partir pour la campagne : vous avez besoin des grands bois, de la bonne odeur des prés... Vous m'autorisez, n'est-ce pas, à appeler le docteur?

Elle fit signe que oui. Oui, elle aurait confiance en ce docteur Grandier, qu'elle savait l'ami de Raymond. Et, même, si elle osait l'interroger, ne parviendrait-elle pas à avoir, par lui, des nouvelles du bien-aimé?...

A la fin de la journée, le docteur était amené par Candia dans la chambre de la malade, la jolie petite chambre virginale, blanche et bleue. Geneviève l'aimait d'avance et lui tendit gentiment la main. Elle avait un peu peur qu'il ne la connût, que Raymond n'eût confié à son ami le secret de son amour; mais elle vit bien vite, au tranquille regard du médecin, que Raymond n'avait pas parlé, qu'elle n'était pour Michel Grandier qu'une malade quelconque.

Il la plaisantait déjà, avec une bonhomie un peu rude :

— Qu'est-ce que cela signifie? Une jeune mariée au lit !

Et, tout de suite, les yeux dans les yeux de la jeune femme, la main tâtée, et quelques questions faites en goguenardant... Puis un léger examen de la taille de Geneviève. Enfin, un gros rire :

— Ce n'est pas cette fois qu'il faut nous inquiéter... Mes compliments !

— Mais, je ne vous comprends pas, balbutia Geneviève, le visage tout en feu.

— Parbleu ! répliqua Grandier ; vous n'en avez pas encore l'expérience ! Allons, des soins, des petits soins et la campagne ! Paris ne vaut pas grand'chose aux jeunes mères... Nous allons causer de cela avec votre mari.

Il donna une petite tape protectrice sur l'épaule de Candia.

— Heureux père !... Mais qu'avez-vous, sapristi? Est-ce l'émotion qui vous fait trembler?... Embrassez donc votre femme! C'est habituellement la première chose que font les maris quand je leur annonce la bonne nouvelle !

Candia demeurait stupide, fixant un regard angoissé sur le médecin, se demandant si cet homme, d'une science consommée, ne se trompait pas sur cette simple chose... Geneviève, épouvantée, les yeux affolés, avait ramené ses mains sur ses entrailles, comme si elle avait dû les défendre. Et le médecin, lui aussi, se demanda s'il ne s'était pas trompé; mais un nouvel examen dissipa ses doutes, et il dit :

— Il ne me reste qu'à vous souhaiter un beau garçon.

Candia avait promptement pris son parti : quelques secondes encore d'hésitation, et l'humiliant secret de son mariage allait être connu, tout au moins pressenti ! Il se pencha sur le lit et, pour la première fois, embrassa Geneviève au front, et il dit:

— Moi, je vous souhaite d'abord une fille, ma chère amie, afin que vous ayez une compagne digne de vous!

Geneviève ferma les yeux. Déjà son mari emmenait le docteur; et, dès qu'elle fut seule, elle se découvrit et contempla, d'un œil atterré, sa taille déjà un peu épaisse, balbutiant :

— Mais je n'ai plus qu'à mourir... Il va me tuer... Il en a le droit!

Candia reconduisait le médecin avec un calme, une correction impeccables. Et il lui expliquait, le plus naturellement du monde, son ahurissement de tout à l'heure :

— N'avez-vous donc jamais remarqué, docteur, que les maris ne voient d'abord qu'une enfant, une jeune fille, dans leur femme?... L'idée que la baronne pouvait, dans quelques mois, être une mère de famille, m'a stupéfié. De combien de mois est la grossesse?

— Oh! la bonne question! Pour que j'aie pu m'en apercevoir si promptement, ne faut-il pas que vous ayez été un heureux conquérant dès le premier jour?... Il y a trois mois, n'est-ce pas, que vous êtes marié? J'ai bien vu cela dans les journaux, mais je ne me rappelle pas très exactement...

— Oui, trois mois! déclara le baron, d'une voix qui s'enfiévrait, trois mois.

Il y avait juste *deux mois* que Geneviève était sa femme!

Tout d'abord, il n'osa pas remonter dans la chambre de Geneviève; il sentait qu'il commettrait quelque folie, que sa violence l'emporterait sur toutes ses résolutions d'être calme. Oh! cette femme qu'il respectait comme une chose sainte, cette femme qui avait si hautement repoussé son amour, cette femme était à un autre... Et il avait cru cette petite histoire si joliment arrangée, d'un rival aimé par delà la mort? Ah! l'imbécile!... Puis un flot de larmes jaillit de ses yeux, et cela le calma, l'adoucit. Il se décida enfin à remonter auprès de Geneviève, et il fut saisi d'une terrible épouvante quand il entra dans la chambre de sa femme. La baronne était debout, vêtue d'une de ses petites robes de jeune fille; et, les mains toutes secouées par l'émotion, elle achevait de mettre son chapeau, sa voilette...

— Que faites-vous? s'écria-t-il, avec un affreux serrement de cœur.

— Je serais déjà partie, monsieur, si je n'avais jugé que je devais attendre vos ordres. Je reconnais que je vous appar-

liens ; disposez de moi : tuez-moi ! chassez-moi... Je ne dois
pas déshonorer plus longtemps votre maison !

Elle parlait d'une voix blanche, qui avait peine à sortir de
ses lèvres ; et, droite, immobile, elle s'offrait à la colère du
baron. Lui chancelait.

— Vous tuer ! Moi, vous faire le moindre mal, moi qui

Soudain elle crut que la terre s'entr'ouvrait. Elle avait entendu sa voix...
(Page 99.)

vous adore, qui voudrais vous servir toute ma vie à genoux !...
O mon Dieu, mon Dieu, que je suis malheureux !

Il tomba sur un siège et sanglota, le visage dans les
mains.

— Alors, adieu, monsieur, je ne puis demeurer plus longtemps chez vous, vous faire accepter une paternité qui n'est
pas vôtre et que j'ignorais moi-même, il y a quelques instants,
ah ! je vous le jure bien... Si je suis coupable envers vous, si
je vous ai abominablement trompé, c'est avec une inconscience absolue... Adieu !

Il se releva, et saisissant les mains de Geneviève :

— Vous, me quitter! m'enlever l'unique espérance qui
me reste d'être heureux en ce monde! Non! jamais je ne vous
laisserai partir de ma maison! Geneviève, oublions tout ce
qui nous a séparés jusqu'à ce jour, tout ce qui pourrait nous

La baronne était debout, vêtue d'une de ses robes de jeune fille, et
elle achevait de mettre son chapeau. (Page 107.)

séparer encore... Vous vous reconnaissez coupable? Je vous
pardonne, de tout mon cœur, sans arrière-pensée... Ah!
aimez-moi, non pas comme je vous aime, je sais bien que
cela serait impossible, mais par affectueuse soumission, par
un peu de reconnaissance; aimez-moi, et l'enfant que vous
portez dans votre sein ne trouvera jamais chez moi que bonté
et tendresse... Ah! faut-il que je vous aime pour m'avilir à ce
point devant vous!

XVI

MÈRE

Geneviève le repoussa presque brutalement, et soulevée d'indignation :

— Ah! jamais, monsieur! Cela, jamais! Tuez-moi, d'avance je m'avoue coupable... Demandez une séparation; j'accepterai, comme je le dois, tous les torts... Tout ce que vous exigerez, monsieur, tout, mais pas la profanation de moi-même! Comment pouvez-vous supposer que je puisse passer des bras de celui que j'aimais dans les bras...?

— De celui que vous haïssez, que vous méprisez! interrompit Candia avec un accent furieux de rage.

— Je ne vous hais ni ne vous méprise! Je vous ai promis mon amitié et vous l'ai honnêtement donnée...

— Comme on donne un os à ronger à un chien!

Et il ricanait terriblement; la colère le prenait.

— Quelle jolie perversité, sous votre allure de chaste jeune fille! Et j'ai cru cela, moi, que je subissais un simple caprice, un caprice explicable après tout : et j'attendais, loyalement, honnêtement, comme vous dites; il ne me venait même pas à l'idée que vous pussiez oublier vos devoirs : j'avais une telle confiance en votre délicatesse!... J'étais l'ami, n'est-ce pas, le bon mari complaisant, utile pour relever une famille déchue, la redorer dans le luxe! Et vous profitiez de l'entière liberté que je vous laissais pour prodiguer vos caresses, votre amour à un autre, cet amour dont je ne vous aurais demandé que le simulacre pour être heureux!

— Ah! vous ne croyez pas cela! s'écria Geneviève avec dégoût. Non, il n'est pas possible que vous doutiez de ma parole, et je vous déclare que, si Mlle de la Terrade a oublié, dans une minute d'égarement, le respect qu'elle se devait à elle-même, la baronne de Candia n'a rien à se reprocher... Si vous en doutiez, monsieur, je considérerais cela comme une telle injure que rien ne saurait m'empêcher de quitter à l'instant votre maison...

— Pour aller retrouver votre amant, n'est-ce pas?

— Mon... mon amant! balbutia Geneviève, douloureusement humiliée par la brutalité du mot.

— Eh! fit Claudia, avec un geste odieux vers la taille de la jeune femme, ce n'est certainement pas moi qui ai pu vous donner un tel gage de mon amour; et celui qui a fait cela, je ne puis l'appeler d'un autre nom que celui d'amant... Soit, madame, vous m'avez été fidèle dans le mariage! Deux mois de fidélité, c'est beau, en effet! Mais, au moment même où vous acceptiez de devenir ma femme, vous aimiez un autre homme... Et vous m'avez menti en me disant qu'il était mort!... Tenez, en rapprochant les dates, je puis affirmer que vous avez été à cet homme la veille même du jour où vous m'avez reçu à Épinay, puisque c'est de ce jour qu'il vous a rendue mère... Dieu de Dieu! De telles monstruosités peuvent-elles exister! Je les comprendrais chez une femme... Mais chez une jeune fille!... L'amant pour le plaisir; le fiancé, le futur mari, pour l'argent...

Il n'était plus maître de lui, il criait ses phrases d'une voix rauque, haletante; et il levait les poings comme s'il allait frapper Geneviève. Elle balbutia :

— Je n'ai rien à vous répondre, monsieur... Vous ne me comprendriez pas!

— Je ne comprends qu'une chose en ce moment, c'est qu'il y a un homme entre vous et moi! Ah! vous me demandez d'ordonner, et vous vous déclarez prête à m'obéir? Révélez-moi donc simplement le nom de cet homme, et je serai pleinement satisfait... Ah! je vous jure bien que j'aurai sa vie s'il n'a pas la mienne!... Vous vous taisez? Vous tremblez pour lui?...

Geneviève était secouée comme une pauvre petite feuille par un grand orage; elle ne doutait pas, en effet, que le baron, sûrement aidé de Gaston de la Terrade, ne découvrît ce qu'elle-même n'avait pu chercher au grand jour; et elle voyait son mari insultant Raymond, et Raymond malgré sa faiblesse, malgré ses blessures à peine fermées, acceptant le combat, un combat encore plus inégal que celui qu'il avait soutenu contre son frère... Et, pour le sauver, s'imaginant réellement qu'elle l'arrachait à la mort, elle osa mentir.

— On ne se bat pas avec les morts, monsieur. Et, vraiment, quels que soient mes torts envers vous, je crois avoir le droit d'exiger que vous ne prolongiez pas une scène horriblement pénible pour moi! Vous me forcez, monsieur, à vous redire que je n'ai pas été accoutumée à ces rudesses, à ces accès de violence; depuis deux mois, vous me les aviez épargnés... Et si réellement nous devons passer notre existence auprès l'un de l'autre, je vous en prie, que des scènes semblables ne se renouvellent plus! Je n'aurais plus la force de les supporter...

Sa voix s'était élevée et devenait peu à peu dédaigneuse, presque méprisante; c'en était trop, à la fin, de se laisser outrager par ce parvenu, elle, fille d'une grande race, qui s'était si loyalement sacrifiée. Et elle s'attendait à une dernière explosion de son mari; mais le baron ne s'était attaché qu'à ces mots : « On ne se bat pas avec les morts... » Et, soudainement, la lumière se faisant dans son esprit, il interrompit Geneviève avec un accent doux et humilié :

— Oui, oui, vous avez certes raison, et je suis un fou de m'abandonner à la colère quand je ne devrais songer qu'à vous consoler... Ah! je comprends : vous êtes abominablement malheureuse... J'aurais dû deviner déjà!... Mais quand on aime, on perd sa clairvoyance habituelle... Une dernière question, Geneviève, et j'espère bien que vous allez y répondre en toute franchise?

Son visage s'était calmé; sa voix était redevenue affectueuse.

— Cet homme que... votre frère... une nuit.... à Épinay ?...

Il n'osait pas insister, dire la chose exacte, le sang versé... L'évocation du souvenir suffisait.

— Cet homme n'était pas un malfaiteur, n'est-ce pas?.. Et c'est sous vos yeux, peut-être?... Oh! comme je comprends alors que vous me détestiez, moi la cause inconsciente de cette cruauté!...

Geneviève n'avait pas répondu une parole; mais ses yeux baissés et les lourdes larmes qui avaient coulé soudain sur ses joues étaient, pour Candia, la meilleure preuve qu'il devinait la vérité.

— Et vous ne voulez pas me révéler qui il était?... Non ?... Plus tard peut-être, quand la confiance règnera entre nous ?...

Geneviève tremblait de nouveau, accablée par ce pardon si simplement, si généreusement accordé. Le cynique aventurier qu'était son mari se transformait par l'amour qu'elle lui avait inspiré.

— Ne parlons plus de celui que vous avez aimé ; ma jalousie n'a plus de raison d'être... Je veux espérer que vous l'oublierez un jour. Moi, j'oublie qu'il a existé... Examinons maintenant, comme deux amis que nous sommes, la situation que la destinée nous a faite... Avec ma mère, je n'ai que vous en ce monde, et vous, vous n'avez que moi... Votre père et votre frère ne vous aiment pas, et vous, vous ne pouvez les aimer que par devoir ; et est-ce que le devoir a besoin de commander au cœur?... Il vous reste votre tante Mᵐᵉ du Haudan, qui ne prend même pas la peine de dissimuler son parfait égoïsme... Vous n'êtes donc aimée que de deux personnes en ce monde, de ma mère et de moi. Si vous ne m'aimez pas, une chose nous unira sûrement un jour, cet enfant à qui vous donnerez bientôt la vie et qui, de par la loi, est à moi !

Geneviève frissonna : l'enfant de Raymond au baron de Candia !

— Je ne crains pas que vous abandonniez ma maison ou que, dans un moment de désespoir, vous cherchiez le repos dans la mort ; non seulement vous me devez votre vie et vous m'avez donné votre parole d'honnête femme de vivre, mais vous vous devez à votre enfant et vous n'avez le droit ni de l'exposer à une existence incertaine, ni de lui arracher la vie... Vous êtes mère, madame : il n'existe plus pour vous d'autre amour que l'amour maternel. Je ne vous importunerai plus du mien ; mais vous me permettrez de le reporter sur l'enfant qui, né d'un autre, ne m'en appartiendra pas moins et que j'accepterai d'ailleurs sans autre arrière-pensée que de vous prouver discrètement ma tendresse.

Il lui mit un baiser dans les cheveux.

— Le baiser d'un père à la mère de son enfant ! Et ne tremblez plus, madame, vous verrez qu'on peut être heureux sans amour. Adieu ! reposez-vous longuement ; moi, je vais prendre mes dispositions pour vous enlever bien vite de Paris.

Elle ne dit pas une parole, ni pour approuver ni pour désapprouver : elle était anéantie, elle se sentait indissolublement liée à cet homme, devenu le maître absolu de sa vie et de l'honneur de sa famille.

Le soir, elle accepta sans la moindre discussion tous les projets de son mari : il avait loué immédiatement une grande villa à Montretout, pour les mois d'été.

— Je me suis contenté de louer, ne voulant rien acheter sans votre assentiment.

— Tout ce que vous ferez sera bien fait, répondit Geneviève, sans montrer ni ennui ni plaisir.

Deux jours plus tard, elle se laissait emmener à Montretout par son mari. Elle y passa l'été, dans une agréable maison blanche située au fond d'un parc, entourée par Candia des soins les plus respectueux et les plus exquis. Elle reçut, quelquefois, la visite de son père et de son frère, qui firent allusion à son état ; elle détourna toujours la conversation en rougissant.

A l'automne, elle ne passa que deux mois à Paris ; et le bruit courut, discrètement, que la jeune baronne de Candia se trouvait dans un état de santé qui ne lui permettait pas de recevoir. Candia fut très félicité à la Bourse et accepta les félicitations avec un calme imperturbable. Il marchait lentement, mais sûrement, à son but.

A la fin de novembre, il annonça à sa femme qu'ils partiraient bientôt pour le Midi, l'hiver menaçant d'être rigoureux.

— Mais... vos affaires, mon ami ?

— Mes affaires n'existent plus, quand il s'agit de vous. Et n'êtes-vous pas d'avis, comme moi, que notre enfant doit venir au monde loin de Paris ?

C'était, depuis plusieurs mois, la première allusion que faisait Candia à sa fausse paternité. Et Geneviève, un flot de sang au visage, balbutia :

— Oui... vous avez raison... Nous partirons quand vous le déciderez...

Elle songeait au scandale que produirait dans la société parisienne un simple rapprochement de dates entre le jour de son mariage et celui où elle deviendrait mère. Et elle comprenait que Candia avait pris ses dispositions pour éviter tout ce qui pourrait entacher son nom, sa réputation d'honnête femme.

Ils partirent au commencement de décembre et habitèrent d'abord, à Monte-Carlo, dans une villa située loin du tapage, sur la route de Roquebrune.

— Nous ne monterons chez moi, dit le baron, que lorsque le moment sera venu.

— Chez vous ?

— Oui, à Castillon... le village de ma mère.

Geneviève frissonna un peu. A Paris, à Montretout, même dans l'isolement où elle vivait à Monte-Carlo, elle se sentait en sûreté contre l'amour de son mari ; et, d'ailleurs, cet amour semblait éteint. Candia se conduisait en frère aimant, et Geneviève acceptait, sans craintes, les baisers qu'il lui mettait sur le front, des baisers bien calmes, des marques de bonne amitié. Mais cela changeait peu à peu, depuis leur arrivée dans le midi. Elle revoyait la fièvre dans les regards de son mari ; le soir, elle sentait ses mains brûlantes, et elle comprenait qu'il ne dormait plus guère.

Un soir, il montra à Geneviève une lettre de sa mère : tout était prêt pour les recevoir à Castillon.

— Le seul endroit du monde où il nous sera possible, ma chère amie, de tromper la Loi et les hommes, sans avoir à redouter de fâcheuses indiscrétions.

La nuit suivante, Geneviève ne put dormir ; elle sentait encore le baiser ardent que lui avait donné son mari en lui disant adieu. Comme le temps était très doux, elle voulut s'accouder à sa fenêtre ; mais elle se retira aussitôt, elle avait aperçu Candia qui se promenait sur la route, devant la villa, son cigare à la bouche.

Par moments, il s'arrêtait, les yeux fixés sur l'éblouissante illumination de Monte-Carlo, et il songeait :

— Ceci, c'est encore le pays civilisé, où la plus petite femme peut défier l'homme le plus énergique, où, à la moindre tentative de ma part, Geneviève s'enfuirait, trouverait des défenseurs dans les premiers venus... Et, là-haut, à une bien petite distance pourtant, elle sera loin de tout, sans défense, à moi... à moi !

Soudain, tout Monte-Carlo tomba dans l'obscurité ; le Casino fermait ses portes. Geneviève, qui était demeurée à sa fenêtre, cachée par un rideau, eut l'impression d'une effroyable chute dans un gouffre...

Le lendemain, ils partaient pour Castillon. Et son mari lui expliquait que leur installation serait très simple, mais suffisante.

— Une coquette maison que j'avais fait construire il y a quelques années, pour ma mère, et qu'elle s'obstine à ne pas habiter : elle préfère son rocher, car ce n'est qu'un bloc, tout ce vieux village.

La route était longue, faite de continuelles montées, de

lacets interminables, et pourtant Geneviève trouvait que les chevaux marchaient trop vite. Elle se retournait sans cesse, dès qu'un pli de colline lui cachait la mer. Son mari redoublait de soins, l'enveloppant aussitôt que la voiture traversait un coin d'ombre, disant combien ces brusques passages du plein soleil à la fraîcheur sont pernicieux. Et tout à coup, à plusieurs centaines de mètres au-dessus d'elle, Geneviève aperçut, sur une crête de roche grise, une masse compacte de murs jaunis et de toits rouges, dominant à pic une profonde vallée. Elle comprit que c'était là, et, pour se rassurer, demanda :

— Voit-on la mer de là-haut?

— Oui, quand il n'y a pas de brume.

Il fallut encore une heure et demie de lacets; Castillon disparut plusieurs fois derrière des mamelons; et, enfin, après une montée toute raide, elle le vit brusquement devant elle, menaçant, avec sa vieille allure de forteresse sarrasine[1], à cheval sur la vallée de Sospel et celle de Menton.

Heureusement, maman Sermetis arrivait, dévalant par un sentier rocailleux et, sautant sur le marchepied de la voiture, embrassait Geneviève avec une telle tendresse que la pénible impression ressentie par la jeune femme s'évanouissait déjà.

— Ah! je vois bien, s'écriait sa belle-mère, que ce vieux nid de vautours vous fait peur; mais ce n'est pas là-haut qu'on vous mène... Vous voici chez vous.

Après un nouveau coude, la voiture s'arrêtait devant une grille; et une gentille maison, sorte de cottage, apparaissait, au milieu des citronniers et des eucalyptus, tout enveloppée de rosiers grimpants qui la faisaient ressembler à un énorme bouquet. Maman Sermetis aidait Geneviève à descendre, lui murmurant à l'oreille :

— Ah! c'est gentil, gentil, d'être venue ici!

1. Aspect que lui a enlevé le dernier tremblement de terre.

XVII

LA FILLE D'UN AUTRE

Geneviève fut éveillée le lendemain, de très bonne heure, par le soleil qui filtrait violemment à travers ses persiennes; le jour s'était magnifiquement levé dans une atmosphère d'une pureté étonnante, apportant à la terre une radieuse gaieté...

La jeune femme se sentit moins triste que le jour précédent. A peine enveloppée d'une robe d'intérieur, elle alla s'accouder à un balcon de bois ajouré qui régnait devant sa chambre; et, s'abandonnant inconsciemment au bonheur matériel de vivre, elle contempla le paysage qui lui avait paru sinistre la veille et que le soleil levant emplissait de sa joyeuse et douce lumière. Le fond de la vallée était encore perdu dans l'ombre; mais les collines de l'ouest étaient éblouissantes de clarté, tandis que celles de l'est, encore grises, se couronnaient d'une auréole d'arc-en-ciel; et, tout là-bas, là-bas, devant elle, dans un lointain infini et qui, pourtant, se voyait en ses moindres détails, Geneviève distinguait une nappe bleue, d'un bleu divin, la Méditerranée, qui donnait une vie intense à tout ce paysage. Puis elle contempla ce vieux burg de Castillon, dont les roches grises et les murs jaunis étaient pailletés d'or par le soleil; il lui fit un peu moins peur, d'autant plus que des bandes de marmots, se poursuivant, comme des chamois, de roc en roc, attirèrent son attention; maintenant, elle regardait tous les enfants.

— Il faut que j'aille voir Mme Sermetis.

Comme elle disait cela, elle aperçut sa belle-mère qui descendait du village et qui, aussitôt, d'un grand geste, lui ordonnait de quitter ce balcon, de rentrer dans sa chambre. Et bientôt, la rude paysanne entrait chez sa belle-fille.

— Êtes-vous folle!... Dans votre état!... Mais il n'y a rien de traître comme ces matinées: on croit qu'on a chaud parce qu'on voit le soleil; mais il faut attendre qu'il ait chauffé!

Et elle embrassait Geneviève avec effusion. Puis, jetant un coup d'œil au lit:

— Et mon fils?... Ah! c'est vrai... Je suis une vieille bête

de m'imaginer qu'un mari partage toujours la chambre de sa
femme!... De pauvres idées de paysanne... Faut me pardonner. Là, asseyons-nous, maintenant, et dites-moi si tout
ceci vous convient.

Elle défaisait un paquet qu'elle avait apporté et montrait à
Geneviève les menues choses qu'elle avait confectionnées
pour son petit-fils...

— Ou ma petite-fille! Garçon ou fille, je n'aurai pas de
préférence, moi!

Et Geneviève avait un sentiment de honte devant cette
femme rude et simple, mais profondément honnête, qu'elle trompait, qu'elle devait tromper toute sa vie. Elle admira ses travaux.

— Je sais bien, déclarait Mme Sermetis, que vous aurez
apporté des merveilles de Paris; mais ce n'est jamais bien
solide, ce qu'on fait à Paris... Et puis, est-ce que vous y auriez
trouvé ces bons petits tricots, à Paris?

Geneviève admirait toujours, les larmes aux yeux, très
touchée de tant d'affection.

Au milieu de la matinée, malgré son mari qui craignait
un faux pas dans le chemin abrupt qui menait au village, elle
voulut monter à Castillon, faire une visite chez elle à maman
Sermetis. Celle-ci protestait aussi que ce serait une imprudence; mais, au fond, elle était enchantée et riait de la
frayeur de son fils, elle qui n'avait interrompu ses travaux
que juste six jours pour le mettre au monde; car il était
venu au temps de la cueillette des olives, exactement comme
allait venir l'enfant de Geneviève.

Ils partirent, tous les trois, bien lentement, maman Sermetis portant presque sa belle-fille et Candia débarrassant le
sentier des cailloux qui l'encombraient. Quand ils arrivèrent à
la plate-forme d'où l'on domine les deux vallées, Geneviève,
un peu fatiguée, dut s'arrêter. En ce moment, maman Sermetis l'examinait de profil. Puis, tandis que la jeune femme
s'asseyait sur le parapet de pierre, elle entraîna son fils à l'écart.

— C'est pour bientôt, n'est-ce pas?

— Oui, mère.

— Tu as prévenu un médecin?

— Naturellement; un des premiers médecins de Paris qui
arrivera ici dans quelques jours.

— Oh! nous n'avons pas besoin de lui avant le mois de
février.

Le visage de Candia devint cramoisi.

— Pardon, mère. Ce sera sans doute un peu plus tôt...

Mme Sermetis jeta un coup d'œil oblique à sa belle-fille.

— Qu'est-ce que tu me racontes là?

Et, mentalement, elle rapprochait les dates.

— N'est-ce pas le 1er juin que tu t'es marié?

— Peu importe, mère!... Tout ce que je puis te dire, c'est que notre enfant viendra au monde à la fin de janvier.

— Ainsi, cette jeune fille, une Mlle de la Torrade, aurait eu la bonté de t'aimer, toi, avant d'être ta femme?... Écoute, Sermetis...

Elle avait appelé ainsi son mari et c'est le nom qu'elle donnait quelquefois à son fils.

— Sermetis, il y a là-dessous des choses que tu me caches... Ce n'est pas possible! Cette jeune fille qui t'aimait à peine et que tu as fait pleurer plus d'une fois; car ça ne peut être que toi qui la faisais pleurer...

Maman Sermetis pressentait le mystère et, avec sa brusque nature, voulait l'éclaircir tout de suite; mais son fils lui imposa silence :

— Allons, assez!... Si j'ai des choses à te dire, ce n'est pas le moment!

Et le baron, laissant sa mère stupéfaite, rejoignait Geneviève, qui les examinait d'un regard craintif. Elle balbutia timidement :

— Que votre mère ne sache jamais !...

Elle avait eu le pressentiment que maman Sermetis doutait d'elle, tout d'un coup; et elle en était très humiliée.

— Je vais en avant, dit la vieille paysanne d'une voix sourde; il faut que je voie si tout est bien en ordre dans ma maison...

Elle voulait surtout se donner le temps de dominer son angoisse, d'effacer de son visage l'impression de doute qu'elle y sentait par trop lisible. Qu'était-ce donc que ce mariage? Et pourquoi son fils amenait-il sa femme dans ce lieu perdu au moment où elle allait devenir mère?... Certes, elle en avait été pleinement heureuse et flattée, quand elle n'éprouvait aucune défiance; mais maintenant, elle comprenait l'étrangeté de cette conduite... Quel mystère existait donc entre son fils et sa belle-fille?...

— Pauvre petite ! Elle est si gentille !... S'il y a des torts entre eux, c'est pas elle qui les a, bien sûr!...

Et elle pénétrait dans sa maison, reprise par cette unique pensée que cette belle jeune femme allait être mère d'un enfant dont elle serait la grand'mère. Bientôt Geneviève et son mari entraient chez Mme Sermetis, dans une des alvéoles de cette ruche que forme le village de Castillon, des pièces sombres, basses, un peu semblables à des casemates, où le soleil n'arrive jamais.

— Mon fils appelle ceci une caverne, dit Mme Sermetis; mais j'y suis née, et je veux y mourir... Ah! vous regardez?...

Geneviève levait les yeux sur un portrait d'homme, une brune tête de paysan, au nez long, busqué, au regard de feu, la peau soigneusement rasée, une tête d'oiseau de proie; et elle était étonnée d'y retrouver tous les traits de son mari...

— Mon père, dit Candia sans fausse honte.

Une nuit elle aperçut Candia qui fumait un cigare devant la villa. (Page 115.)

Il sembla, en ce moment, à Geneviève, qu'une terrible flamme passait dans les yeux de sa belle-mère, et que son visage, tourné vers son fils, prenait une terrible expression de colère... Puis, le calme se fit; et Candia ramena sa femme à son cottage. Il dit alors, d'un ton embarrassé :

— Evitez de parler de mon père devant ma mère, surtout en ma présence...

Et il avoua, un peu tremblant :

— Je n'ai pas toujours été un très bon fils.

Depuis ce moment, une accablante tristesse tomba sur Geneviève, et peu à peu une invincible terreur s'y mêla, terreur de cette famille de paysans, qu'elle ne méprisait certes

Puis il alla embrasser la petite fille qui vagissait dans son berceau.
(Page 122.)

pas, mais où il y avait peut-être eu des drames aussi cruels que dans la sienne; terreur de cette vieille femme, dans les yeux de qui elle sentait maintenant un perpétuel soupçon; terreur de ce mari qui l'avait si habilement séparée du reste du monde, l'éloignant peu à peu de Paris, brisant les faibles liens qui la rattachaient encore à sa famille.

Peu de jours après, une sage-femme de Paris arrivait à

Castillon, envoyée par le docteur Grandier, et no quittait plus
Geneviève. La semaine suivante, le docteur lui-même
s'installait chez le baron et, en attendant l'enfant, cherchait
dans le pays même une solide nourrice. Geneviève en éprouva
une grande peine : elle voulait se donner toute à son enfant,
et, sans qu'elle osât se l'avouer à elle-même, elle sentait que
c'eût été une nouvelle barrière élevée pour longtemps entre
elle et son mari. Mais le docteur déclara que, si belle que lui
parût la maman, elle ne lui semblait pas en assez parfait état
de santé pour devenir une nourrice satisfaisante.

— Je suis forte, pourtant! s'écriait Geneviève, que cette
constatation de sa faiblesse humiliait dans son orgueil de mère.

Puis elle se résigna : ne devait-elle pas se résigner à tout?
N'avait-elle pas engagé pour toujours sa volonté, sa liberté?

Dans l'intelligente conversation du docteur Grandier, elle
eut souvent des heures consolantes. Ils s'étaient aimés tout de
suite, lui parce qu'elle lui plaisait bien, simplement; elle,
parce qu'elle le savait l'ami de Raymond. Les premiers jours,
elle crut qu'elle aurait, par lui, des nouvelles du bien-aimé;
elle essayait, quand ils n'étaient que tous les deux, de le
faire parler sur ses malades, mais vainement : le docteur
s'enfermait toujours dans des généralités, respectant avec une
rigueur absolue le secret professionnel.

Geneviève accoucha facilement à la fin de janvier, par une
douce et claire matinée.

— C'est une fille, madame! annonça gentiment le docteur.

— Ah! une fille...

Cela lui fit une délicieuse impression. Une fille! Une amie
pour toute la vie!

Maman Sermetis, malgré ses gros bras et ses grosses mains,
s'emparait déjà du bébé avec une extrême délicatesse, disant:

— Il est un peu à moi aussi, je pense, ce beau trésor?

Geneviève ferma les yeux et vit le visage mélancolique de
Raymond; mais, presque en même temps, elle sentait un
souffle brûlant sur son front. Elle ouvrit les yeux et eut un
regard d'épouvante. Son mari l'embrassait longuement.

— Pardonnez-moi, disait-il d'une voix à peine perceptible;
mais il faut bien que je félicite l'adorable femme qui me rend père.

Puis il alla embrasser la petite fille qui vagissait; et ses
yeux, tournés vers Geneviève, semblaient dire :

— Voyez! j'en prends possession !

Trois jours après, le docteur Grandier affirmant qu'il ne redoutait aucune complication, Candia consentit à le laisser partir.

— Je vous remercie profondément, docteur, lui dit-il en recevant ses adieux, d'avoir tout quitté pour ma femme...

— Mon Dieu, interrompit Grandier avec sa brutale franchise, je vous avoue que je ne suis venu ici qu'attiré par la grosse somme que vous m'avez offerte : je suis jeune, et la clientèle courante m'empêche souvent de me consacrer à des études, des découvertes qui seraient précieuses; grâce à vous, je vais pouvoir modifier mon laboratoire de fond en comble; donc, merci! Et je suis doublement heureux d'être venu, parce que la baronne m'a absolument conquis : vous avez la plus adorable femme de France...

— Je sais que je puis compter sur votre absolue discrétion?

— Parbleu! déclara Grandier en lui serrant la main.

— Mais cette sage-femme que vous nous laissez?

— Je réponds de sa discrétion comme de la mienne. C'est moi qui la fais vivre.

Quelques jours après, la sage-femme elle-même rentrait à Paris; et Geneviève se retrouvait seule en face de son mari. Elle lui demanda timidement s'il ne croyait pas nécessaire de prévenir le comte de la Terrade; Candia répliqua brusquement que personne, dans Paris, ne devait connaître la vérité. Et il ajouta, dominant aussitôt ce léger emportement :

— Ne vous inquiétez de rien, d'ailleurs, je prends toutes les dispositions nécessaires.

Deux semaines se passèrent sans qu'il allât à la mairie de Castillon déclarer la naissance de sa fille. Et, quand il se décida à le faire, il y eut, entre lui et le maire, de mystérieux conciliabules. On était en 1873. Douze années s'étaient à peine écoulées depuis que ce coin de territoire avait été réuni à la France. Ce qui eût semblé impossible dans toute l'étendue de la République le fut dans ce nid d'aigle juché à quatorze cents mètres au-dessus de tout point civilisé. La fille du baron et de la baronne de Candia fut inscrite comme venue en ce monde à la fin du mois de février. Et la chose s'arrangea très aisément à l'église, grâce à de beaux présents.

Geneviève n'osait plus poser la moindre question à son mari. Elle s'absorbait, d'ailleurs, ainsi que Mme Sermetis,

dans les soins donnés à son enfant. Elle ne voulait plus réfléchir à cette tromperie froidement organisée, qui blessait son
esprit droit, absolument honnête. Cependant, dans les premiers jours de mars, elle eut une révolte. Son mari lui remit
un matin plusieurs journaux contenant cette note :

« On annonce que la baronne de Candia est heureusement
accouchée, hier, en sa villa de Castillon, d'une fille qui a reçu
le nom de Blanche. La mère et l'enfant se portent fort bien. »

— Ah! fit Geneviève, avec une expression de dégoût,
faut-il donc mêler le public aux intimités de la famille?

— Ma chère amie, répliqua Candia avec un grand calme,
j'ai une fille et suis heureux de l'annoncer au monde entier.

Le lendemain arrivaient de banales lettres du comte de la
Terrade et de son fils, complimentant l'accouchée et la pressant
de revenir à Paris, où la saison battait son plein. Mme du
Baudan écrivait aussi; et, se moquant d'elle-même selon sa
coutume, elle remerciait son neveu de lui avoir épargné l'angoisse des derniers moments, de lui avoir annoncé la chose
toute faite, en bloc... Elle ajoutait : « Je suppose que ma présence à Castillon ne vous est pas indispensable? » Geneviève
ne songea même pas à toutes ces élégantes marques d'égoïsme.
Le jour suivant, elle oubliait ce qui l'avait choquée, et sa vie
de mère recommençait avec sa délicieuse uniformité.

Maintenant, elle et Mme Sermetis, détachées de toute autre
préoccupation, passaient leur existence à admirer la petite
Blanche qui poussait adorablement. Geneviève ne quittait sa
fille qu'une heure ou deux dans la journée, forcée par
Mme Sermetis d'obéir aux rigoureuses injonctions du docteur
Grandier : « Une promenade de deux heures, le matin, au
soleil. » Habituellement, son mari l'accompagnait; mais,
parfois, elle partait sans rien dire, obéissant à un invincible
désir d'être seule : cela la prenait quand elle avait trop nettement vu, dans les traits encore empâtés de sa Blanche, le
visage de Raymond. Durant ces promenades, Mme Sermetis
ne quittait pas une seconde le berceau.

Or, un matin que Geneviève était ainsi partie seule, Candia
entra brusquement dans la chambre où dormait l'enfant.

— Qu'as-tu donc? demanda Mme Sermetis.

Son visage était contracté, ses yeux jetaient du feu. Il ne
répondit pas à la question de sa mère et interrogea à son tour:

— Comment trouves-tu Geneviève?

— Bien.

— Complètement remise?

— Oui, complètement. L'air de nos montagnes lui a rendu sa fraîcheur; elle est plus belle que jamais!

— Oh!... belle! belle à me rendre fou! Et puisque la voilà redevenue assez forte pour supporter les émotions, nous allons lui voler son enfant!

— Hein! prononça Mme Sermetis, suffoquée, lui voler son enfant? Perds-tu la tête?

— Non! Mais je n'ai que ce moyen pour me rendre enfin maître d'elle, et c'est toi qui vas m'y aider!

XVIII

LE MAÎTRE

Mme Sermetis s'était levée et, soufflant comme une bête qui défend ses petits, faisait un rempart au berceau. La nourrice entrant en ce moment, Candia la renvoya d'un geste furieux. Puis, marchant sur sa mère :

— Te liguerais-tu donc avec ma femme contre moi?

— Je suis pour la justice, déclara énergiquement la grand'mère; et, sans savoir ce qui se passe entre vous deux, — des choses bien cruelles, si j'en crois mes pressentiments, — le bon droit n'est pas de ton côté.

Le baron ricana.

— Ah! si tu savais!

— Parle donc, enfin ! Chaque fois que je t'ai demandé des explications, tu as refusé de me répondre... Parle!

— N'est-ce donc pas suffisant que ton fils te fasse connaître sa volonté? Et le détestes-tu donc au point de lui préférer cette étrangère?... Maman Sermetis, je souffre parce que cette femme me dédaigne... Je veux vaincre sa fierté, je veux ma femme à mes genoux... Je veux qu'elle m'implore pour que je lui rende sa fille!...

— Sa fille! s'écria Mme Sermetis... Sa fille!... Sa fille!... Ne serait-elle donc pas la tienne?

La grand'mère venait de deviner tout à coup le secret autour duquel Candia tournait lâchement. Et, comme son fils baissait la tête, elle n'eut pas besoin d'une confirmation.

— Ainsi, Blanche n'est pas ta fille?... Et... et je ne suis pas sa grand'mère?...

Un affreux déchirement se produisait dans tout son être et un grand froid lui vint au cœur. Elle chancela légèrement et sa main, s'appuyant sur le berceau, le fit pencher. La rose figure bouffie de Blanche reposait en un nuage de dentelles et, dans le sommeil, était d'une infinie douceur... Ce n'était donc pas son sang, cela? Et ces petites lèvres mentiraient quand elles l'appelleraient grand'mère? De grosses larmes tombèrent de ses yeux sur le berceau. Le rêve qu'elle faisait depuis deux mois allait-il donc s'envoler? Fallait-il donc renoncer à la caresse de ces petits bras passés autour du cou? Candia sentit qu'elle se laissait attendrir, reprendre par l'enfant et qu'il devait tout dire s'il voulait se faire obéir de maman Sermetis.

— Tu voudrais douter, n'est-ce pas? Et cette pensée te paraît inouïe que Mlle de la Terrade n'ait pas toujours été un ange de candeur?... Écoute la vérité! Quand son père est venu me chercher, Geneviève avait déjà donné son cœur à un autre...

— Mais alors, c'est malgré elle?...

— J'ignorais, ma mère... Je n'ai connu la vérité que lorsque tout était irréparable... Et encore ne sais-je cette vérité que bien vaguement! Je crois cependant être certain que l'amant de Geneviève, surpris, la nuit, chez elle, par son père et son frère, fut tué sous ses yeux...

— Ah! la pauvre fille!

— Le lendemain, on me présentait à elle. Et, tout d'abord, elle me repoussa loyalement... Puis on l'amena peu à peu à consentir à une union qui lui répugnait; mais elle me prévint que, dans le mariage, elle serait uniquement mon amie, mon associée, jamais ma femme... J'acceptai, croyant à un simple caprice de jeune fille, et me disant que je parviendrais bien à me faire aimer... Et puis, cette catastrophe éclata entre nous : cette maternité!... J'eus la faiblesse de pardonner; et elle, elle demeura inflexible! Je suis père de par la loi, et je n'ai pas encore pris un baiser sur les lèvres de ma femme! Voilà la vérité!

Alors, pendant quelques minutes, maman Sermetis fut en proie à une terrible colère. Elle jetait, d'une voix rauque :

— Oh ! ces filles du grand monde !... Mensonge ! hypocrisie !... Et elle m'avait engluée... Vrai, je l'aimais comme si
elle eût été ma fille !... Oh ! Geneviève !... Geneviève !...

C'était un tel effondrement pour elle qu'elle partageait, en
ce moment, toute la rancune de son fils ; et elle comprenait, elle
approuvait cette sauvage idée de voler l'enfant à la mère, de
la forcer à s'humilier à son tour... Et déjà, elle se retournait
vers le berceau, étendait les bras pour prendre l'enfant. Mais,
soudain, revenant, menaçante, sur le baron :

— Ne mérites-tu pas une épouvantable punition ? Mauvais
fils ! Il faut bien que les méchantes actions soient vengées un
jour ! Tu t'imaginais que tu pouvais braver tous les châtiments
parce que ton crime était resté impuni ? Et tu marchais de
grandeurs en grandeurs ! L'argent, les femmes, même un
titre de noblesse, toi, fils d'une race de paysans, tu avais tout
à profusion !... Dieu te guettait, malheureux ! Dieu te réser-
vait la plus rude punition, celle qui t'atteint dans ton orgueil...
Ce n'était pas possible, aussi, que le fils qui a volontairement
causé la mort de son père traversât toute la vie en victorieux !...
Le voici, ton châtiment, celui qui durera jusqu'à ton dernier
jour : ta femme n'est pas à toi ! Ton enfant n'est pas à toi !
Je comprends maintenant pourquoi j'ai tant aimé Geneviève
dès le premier jour, pourquoi j'adore ma petite Blanche : c'est
que Dieu me les a confiées ! Elles sont à moi, et je te défends
d'y toucher !

— Eh ! qui te parle de leur faire du mal, morbleu ?...
répliqua le baron d'une voix exaspérée. Je suis le maître,
obéis-moi ! Et si tu refuses de m'aider, j'accomplirai ma
besogne moi-même, et alors je ne réponds plus de rien... Tu
ne sais pas ce que c'est qu'un homme tel que moi repoussé
par une femme... Il y a des moments où je serais capable de
lui tuer sa fille !

— Malheureux !

Mme Sermetis bondit sur le berceau et en arracha la petite
Blanche, qui dormait toujours.

— Pauvre ange ! fit-elle en l'embrassant.

Puis, résignée :

— Où veux-tu que je la mène ?

— Ah ! ah ! te voilà redevenue raisonnable, maman Sermetis ?

Serrant le bébé contre sa grosse poitrine, elle répondit :

— C'est bien assez que ton père soit mort de tes violences! Seulement, jure-moi que, pas plus à l'enfant qu'à la mère, tu ne feras jamais aucun mal!

Il souriait, maintenant, très tranquille, satisfait d'avoir maté sa mère, prévoyant une victoire complète sur sa femme. Et il dit :

— Les aurais-je entourées de tant de soins jusqu'ici, si je voulais les faire souffrir ?... Je te promets, comme je l'ai promis à Geneviève, qu'elles seront heureuses; mais je veux ma part de bonheur, et je te jure que je l'aurai! Je ne te demande que de m'obéir.

— Parle !

— Pour le monde entier, Blanche est et restera ma fille; personne de ce pays n'ira bavarder à Paris, n'est-ce pas?... Et personne non plus n'osera se mêler, ici, de mes affaires. En venant à Castillon, j'ai voulu isoler Geneviève de tout...

— Oh! que tu es bien toujours le même, toi, quand tu veux quelque chose !

— J'ai fait choisir, par Grandier, une nourrice qui ne sait pas un mot de français et qui va t'obéir aveuglément. Il faut qu'avant le retour de Geneviève, vous soyez parties toutes deux avec l'enfant...

— Et toi ?

— Moi, je reste ici avec ma femme... Un tête-à-tête favorable aux amours... Est-ce donc un crime que de vouloir posséder sa femme? Allons, appelle la nourrice !

Maman Sermetis, toute chancelante, la voix brisée, donna les ordres nécessaires. Et, pendant qu'on faisait un paquet de langes et de brassières, Candia allait sur le balcon du cottage et cherchait, avec une lorgnette, à retrouver sa femme, qui était partie dans la direction du val de Menton. Il l'aperçut, arrêtée à un lacet de la route, d'où l'on a une très belle vue de la mer, un de ses buts favoris de promenade.

— Elle pense à lui ! prononça-t-il avec un accent de rage. Oh ! cette fidélité par delà la mort !... Comme il avait su se faire aimer, lui, cet inconnu dont le souvenir brise mon bonheur !... Allons, ma mère !

Il rentrait dans la chambre et brusquait Mme Sermetis qui s'attardait à des détails, ne pouvant croire qu'elle eût consenti à se rendre complice d'une semblable cruauté.

— Allons! partez! Geneviève sera ici dans une heure !

— Rappelle-toi ce que tu m'as promis ?

— Et toi, rappelle-toi de quoi je suis capable quand on heurte mes volontés !

C'était bien cela qui réduisait Mme Sermetis à l'obéissance.

Naïvement, elle présenta Blanche à son fils, et, comme il se détournait :

— Tu ne l'embrasses pas ?

Candia eut un rire sardonique.

— Désormais, elle ne recevra de moi que les baisers que m'aura donnés sa mère. Va !

Maman Sermetis partit, faisant un berceau à l'enfant de sa forte poitrine et de ses bras ; la nourrice suivait, indolente, ne songeant guère qu'à la grosse somme que Candia lui avait promise si tous ses ordres étaient bien exécutés. Et le baron, après s'être assuré que sa femme n'arriverait pas à Castillon avant une bonne heure, les accompagna à une centaine de mètres de distance, comme s'il s'était encore défié de sa mère. Et certainement, si maman Sermetis ne s'était pas sentie observée par son fils, elle se fût aussitôt jetée dans un chemin de traverse pour retourner secrètement vers la route de Castillon, attendre sa belle-fille, la prévenir qu'elle n'avait rien à craindre, que Blanche serait soignée, adorée comme un ange du bon Dieu ! Mais, chaque fois que la brave femme lançait un regard en arrière, elle voyait la haute silhouette de son fils qui se dressait sur la crête séparant les deux vallées. Et elle finit par se résigner complètement :

— Mieux vaut que je sois partie, j'aurai toujours sauvé l'enfant.

Et elle s'enfonçait de plus en plus dans la vallée de Sospel ; et bientôt, elle prit le chemin muletier qui, après une infinité de montées et de descentes, allait la conduire au hameau perdu de la nourrice. Alors seulement, Candia quitta la crête d'où il dominait le paysage ; et il descendit vers sa femme qui remontait péniblement à Castillon. Après quelques minutes de marche, il aperçut Geneviève qui s'était encore arrêtée, pour donner un dernier regard à la mer. Il eut un peu peur et n'osa pas continuer son chemin : il avait été pris d'un frisson, comme les plus braves duellistes lorsqu'ils se rendent sur le terrain. Mais, en ce moment, Geneviève fut secouée par un long sanglot, et cela lui rendit sa sauvage énergie. Il alla

brusquement vers sa femme, courant presque, et il la surprit
essuyant ses larmes. Elle en fut toute honteuse :

— Pardon, mon ami, je ne vous savais pas si près de moi!

— Oh! fit-il, d'une voix ambre, je sais que vous avez la
générosité de me cacher vos larmes; mais vous n'avez pas
pleuré une fois que je ne l'aie deviné.

Puis, détournant aussitôt la conversation :

— Vous semblez un peu lasse, dit-il avec une grande amabilité, permettez-moi de vous soutenir.

Il la prit par le bras et la ramena très doucement au cottage. Avant de pénétrer dans la maison, il lui fit admirer
l'éclat du soleil sur la vallée de Menton. Enfin, ils revinrent
chez eux; et, dès la grille, Geneviève quittait son mari.

— Comprenez mon impatience : il y a plus de deux heures
que je n'ai embrassé ma fille.

Candia demeura dans le bosquet de citronniers et d'aman-
diers en fleurs qui précédait la maison. Soudain, un cri affreux
retentit... Et Geneviève, affolée, parut sur le balcon de bois.

— Mon ami... Blanche... Mon enfant...

— Eh bien? répondit Candia d'un air compatissant.

— Mais elle n'est plus dans son berceau!

Candia daigna sourire.

— Comme les mères s'alarment facilement! Maman Sermetis aura emporté Blanche pour quelques instants...

— Non, non! Ce n'est pas possible! Jamais elle n'a fait
cela... Et la nourrice qui n'est pas là non plus... Un malheur
est arrivé! Je vous dis qu'un malheur est arrivée et on veut
me le cacher...

Et déjà elle appelait les domestiques, les interrogeait fié-
vreusement. Ils répondirent que Mme Sermetis et la nounou
étaient sorties avec l'enfant, il y avait de cela peut-être une
heure et demie; et, évidemment, elles allaient bientôt rentrer.
Geneviève, horriblement pâle, hochait la tête.

— Non... non! Ce n'est pas cela... On me trompe!

— Si vous voulez, ma chère amie, je vais monter jusque
chez ma mère?

— J'y vais moi-même.

Elle partit en courant, se retournant sans cesse, dans l'espoir que maman Sermetis allait apparaître aux environs du
cottage... Son mari s'était élancé à sa poursuite, essayant de
la retenir.

— Mais c'est fou de courir sur ces chemins... Vous pourriez tomber...

Elle trébucha plusieurs fois, en effet ; mais bientôt elle arrivait, haletante, à la plate-forme de la vieille forteresse. Et, se penchant sur le parapet, elle fouillait toute la vallée de Menton, puis celle de Sospel : nulle part, elle ne voyait la silhouette de maman Sermetis... Enfin, elle se précipita vers la petite maison de sa belle-mère. L'unique domestique de la paysanne ravaudait dès bas.

— Mme Sermetis ?

— Elle est chez vous, madame.

Geneviève repartit aussitôt, et, dans le rude sentier rocailleux qui descend du village, elle chancela si malheureusement qu'elle serait tombée par côté, d'une dizaine de mètres de hauteur, si son mari ne l'avait résolument prise par la taille... Et il l'emporta dans sa maison. Il voulait la conduire à sa chambre ; mais elle lui échappa et courut au berceau vide, poussant des plaintes informes... Puis, se jetant à genoux devant son mari :

— Mais ayez pitié de moi, monsieur ! Parlez-moi, je veux la vérité.

La pauvre femme croyait encore à un accident qu'on n'osait pas lui avouer. Et soudain, dans le regard acéré de son mari, dans sa bouche au pli sarcastique, elle comprit l'abominable réalité. Et, se redressant, suffoquée par l'indignation :

— C'est vous qui m'avez volé mon enfant !

Il ne répondit que par un mauvais rire.

— Ainsi, c'est vous !... Ah ! misérable !... Dans l'espoir de ?... Oh ! c'est abominable !... Et Dieu a permis ?... Mon enfant ! Je veux ma fille... Je veux !... Ah !... Prenez garde ! Vous ne me faites plus peur !

Elle s'avançait sur lui, les mains levées, prête à frapper, et ses yeux lançaient une telle haine que Candia eut une seconde d'hésitation. Mais bientôt, il saisissait ces mains, ces petites mains qu'il aurait voulu couvrir de caresses ; et, d'une simple pression, il rejetait Geneviève à genoux.

— Pas de cris, s'il vous plaît ! Ne mêlons pas nos domestiques à nos querelles intimes... L'heure est venue de nous expliquer, faisons-le simplement : je suis persuadé que nous parviendrons à nous entendre...

— Ma fille ! supplia-t-elle. Ma fille !

— Blanche est en sûreté. Ma mère l'a emmenée, avec sa nourrice, dans un endroit que seul je connais, et où elle restera aussi longtemps que je l'ordonnerai. Ne craignez rien pour sa vie ; mais j'ai jugé que je devais vous séparer d'elle, et vous ne la reverrez que... lorsque j'aurai l'espoir de lui donner un frère ou une sœur...

— Ah ! lâche, lâche ! Est-ce bien vous qui vous conduisez avec une telle cruauté ?...

— Calmez-vous, dit froidement Candia ; si, par hasard, un de vos domestiques vous entendait, vous seriez désolée demain de vous être abandonnée plus longtemps à la colère. Tant pis pour vous si vous m'obligez à user de moyens blâmables, cruels ! Je n'en ai pas d'autres, et j'ai compris que je ne vous vaincrais que par la violence puisque, malgré ma folle abnégation, malgré ma soumission humiliante à tous vos caprices, je n'ai pas encore réussi à pénétrer dans votre cœur.

Geneviève s'était encore arrêtée pour donner un dernier regard à la mer. (Page 129.)

— Détrompez-vous, monsieur ! Mon cœur était plein de reconnaissance pour vous, et une réelle amitié me liait à vous... J'acceptais, sans contrainte, la vie qui m'était faite, et je commençais même à éprouver un remords de vous donner si peu en échange de votre dévouement, que je croyais vrai, loyal... Ah! que je vous remercie de me détromper à temps, de vous montrer enfin bien tel que vous êtes!... Mais je ne vous crains plus, je ne redoute rien de vos violences, de vos

— Voici une lettre pour madame. (Page 135.)

cruautés. Je veux ma fille, et je vous ordonne de me la rendre!

— Je vous ai déjà dit, répondit Candia avec le plus grand calme, que votre fille vous serait rendue quand vous seriez ma femme.

— Mon Dieu! balbutia Geneviève, écrasée.

Et elle ajouta, d'une voix sourde :

— O mon père, à quoi m'avez-vous réduite!

— Ma chère amie, dit Candia, du même ton froid, autoritaire, insultez-moi, accablez-moi de votre dédain ! Peu m'importe, je suis le maître... Adressez-vous aux tribunaux, demandez-leur justice de ma cruauté ; je me présenterai tranquillement devant les juges et je dirai : « Messieurs, j'ai cru devoir enlever son enfant à ma femme parce que la conduite de ma femme est une continuelle insulte ; elle refuse d'accomplir ses plus simples devoirs... »

— Mais ces juges sauront la vérité ; ils auront pitié de moi... Il n'est pas possible qu'une mère soit séparée de son enfant ! Et d'ailleurs, je leur dirai, à ces juges, que vous n'avez aucun droit sur elle...

— Vraiment, ma chère ? fit Candia les lèvres pleines de sarcasmes. Vous ne reculerez pas devant ce scandale ? Croyez-vous que, plus tard, dans une vingtaine d'années, votre fille vous en sera très reconnaissante ? Belle entrée, pour elle, dans la vie, que son père et sa mère s'insultant publiquement !

— Ah ! je vous défends de vous dire son père ! Et je prouverai...

— Quoi ? Que prouverez-vous ? Un mari peut bien faire un procès à sa femme en désaveu de paternité, mais une femme à son mari ?...

Il éclata d'un rire nerveux :

— Cela ne se serait jamais vu ! Non, non, vous ne pouvez, rien ne peut m'empêcher d'être légalement le père de Blanche ; et si, refusant d'accomplir vos devoirs envers moi, vous poussiez l'impudence jusqu'à me quitter, jusqu'à oser me faire un procès, c'est moi, moi qui resterais le gardien de votre fille, moi qui lui apprendrais alors, selon mon caprice, à vous aimer ou à vous détester !

XIX

VAINCUE

Il la vit alors si brisée, toute pâle, les yeux mi-clos ne laissant plus passer qu'un regard éteint, qu'il eut l'audace de s'agenouiller devant elle, de lier ses bras autour de sa taille... Et il l'attirait vers lui, et il tendait les lèvres pour prendre un baiser sur les lèvres de Geneviève... Elle semblait consentir à tout, résignée, vaincue, acceptant le sacrifice d'elle-même par amour maternel... Mais, au moment où les lèvres de Candia touchaient les siennes, ses yeux s'ouvrirent tout grands, avec une telle expression d'épouvante que le baron se rejeta en arrière. Et après avoir contemplé quelques instants Geneviève, affolé, il s'enfuit sans avoir dit une parole. Et il courut, au hasard, devant lui, gravissant des chemins muletiers, s'enfonçant dans des dédales de rochers, cherchant instinctivement une immense solitude où il pût jeter sa passion, sa douleur en cris désespérés. Et il finit par tomber sur une pierre et, tout secoué par les sanglots, il passa près d'une heure, la tête enfouie dans les mains, gémissant comme un fauve blessé.

Geneviève, elle, pleurait très doucement, les yeux obstinément fixés sur le berceau vide.

Tout à l'heure, elle avait eu tort de montrer son épouvante : elle aurait dû se livrer, froide comme une statue, mais se livrer... Qu'était-ce que le don de sa personne, quand il s'agissait de son enfant? Plutôt que de consentir à cette profanation, elle avait pu songer à mourir, autrefois... mais autrefois seulement, quand elle n'était pas mère! Maintenant, rien ne devait plus exister en elle que la mère; et elle se reprochait cette dernière révolte qui la privait, pour une journée, de sa fille. Ah! si elle avait eu, pendant quelques secondes, la durée d'un coup de foudre, la résignation nécessaire, en ce moment elle saurait où Blanche était cachée, et bientôt une informe mais délicieuse caresse de ses petites mains effacerait les baisers de Candia... Oh! les baisers de cet homme! Par la pensée elle consentait à les accepter; mais tout son être se révoltait instinctivement contre la brutalité de la suprême étreinte...

— Voici une lettre pour madame.

La femme de chambre venait d'entrer et présentait un plateau d'argent à sa maîtresse. Geneviève prit la lettre machinalement, sans regarder l'écriture de l'adresse, déployant toute son énergie pour paraître calme, pour cacher à cette domestique le secret de sa vie : n'était-ce pas Blanche qui souffrirait plus tard de la moindre indiscrétion? La domestique sortit, et Geneviève, accablée par l'effort qu'elle venait de faire, retomba sur son fauteuil. Elle sourit tristement :

— Le drame est fini; voici la comédie qui recommence...
et pour la vie.

Ses yeux tombèrent alors sur l'enveloppe :

— Dieu!... Raymond!...

C'était l'écriture du bien-aimé. La lettre avait été adressée
rue Pergolèse, d'où on l'avait réexpédiée à Castillon. Geneviève se leva brusquement; et, ayant caché la lettre dans son
corsage, elle courut au balcon. Elle avait eu peur d'être surprise par son mari.

— Raymond qui m'écrit!...

Et, contemplant de nouveau l'enveloppe :

— Il me reproche sans doute ma misérable conduite...

Enfin, nerveusement, elle déchira l'enveloppe; et, les
yeux pleins de larmes, elle lut :

« Geneviève,

« J'avais cru que j'aurais le courage de quitter la France
sans évoquer le souvenir du passé; mais je n'ai plus de courage quand il s'agit de vous. Et puis, j'ai voulu vous dire que
je vous pardonnais, loyalement, entièrement, de toute mon
âme. Il me semble que vous devez être troublée par la pensée
du parjure commis envers moi : je veux que vous soyez libre
de tout remords.

« Je n'ai pas besoin de recevoir la confidence de ce qui
s'est passé en vous, à la suite du drame d'Épinay. J'ai tout
compris, tout deviné. On vous a dit que j'étais mort : les
récits des journaux ne pouvaient vous détromper; vous vous
êtes crue veuve. Et, par dévouement à votre famille, vous
vous être résignée au sacrifice. Je vous demande, à mon
tour, de me pardonner l'acte de folie que j'ai commis le jour
de votre mariage; mais le désespoir m'avait enlevé ma raison... Je voudrais me dire que ma conduite insensée n'a
troublé en rien votre vie. Je ne la troublerai plus, d'ailleurs.

« Par suite d'événements inéluctables, vous êtes devenue
la femme d'un autre; la destinée nous sépare à jamais. Et
c'est pour cela que je vais quitter la France.

« Oh! j'ai eu encore une crise de jalousie, il y a quelques semaines, lorsque les journaux ont annoncé qu'un enfant
était né à la baronne de Candia. Et puis, je ne vous ai véné-
rée que davantage, comme une sacrifiée qu'on doit adorer à

genoux. Et c'est ainsi que je vous aimerai jusqu'au dernier jour de ma vie.

« Je vous adresse librement cette lettre, supposant que votre mari respecte votre intimité. Et, d'ailleurs, quand elle vous parviendra, je serai déjà embarqué sur l'*Isaac-Pereire*, qui doit m'emporter en Afrique. Et quand le bateau quittera Marseille, si tous les passagers adressent une prière à Notre-Dame-de-la-Garde, moi je ne verrai, dans la statue qui domine la côte, que les traits bénis de celle que j'ai aimée, et c'est à elle que je demanderai de me protéger.

« Adieu, Geneviève. Vous ne pouvez plus m'aimer. Moi, je vous aimerai toujours.

« RAYMOND DE MARIGNAC. »

Geneviève avait à peine jeté les yeux sur cette lettre qu'elle était une autre femme.

— Raymond est près de moi !

Elle ne voyait plus, elle ne sentait plus que cela. Son mari, sa belle-mère, ses devoirs de femme, rien n'existait plus. Et même, pendant quelques minutes, elle oublia sa fille. Elle était toute à cette pensée :

— Avec un peu d'audace, un peu de décision, je pourrais revoir mon bien-aimé, celui à qui j'appartiens devant Dieu ! Je veux le voir ! Je le veux !

Elle ne raisonnait plus, ne réfléchissait plus : elle agissait. Elle descendit et demanda les journaux qui avaient dû arriver en même temps que sa lettre. Et, déchirant hâtivement la bande du *Petit Marseillais*, elle chercha les nouvelles du port, les départs de bateaux. Et, aussitôt, le nom de l'*Isaac-Pereire* lui sautait aux yeux.

« Demain, à midi trente, l'*Isaac-Pereire* quittera notre port à destination d'Alger. »

Demain !... Elle avait encore un jour devant elle, si elle pouvait partir avant le retour de son mari. Mais il pouvait aussi s'élancer à sa poursuite ; il fallait le tromper.

— Je vais chez Mme Sermetis, dit-elle à sa femme de chambre. Si monsieur revenait, priez-le de m'attendre.

Et elle sortit en courant... Elle espérait se procurer une voiture dans l'unique auberge de Castillon ; mais, sur les deux chevaux que possédait l'aubergiste, l'un avait été déjà loué pour une course à Menton ; l'autre, en ce moment même, servait à charrier des sacs d'olives à un moulin à huile.

— Mais on peut courir, madame la baronne, et le ramener ; il serait ici avant longtemps, et, dans une petite heure et demie, vous seriez en route.

Une heure et demie ! Son mari serait évidemment de retour !

— J'arriverai bien à pied à Menton, se dit-elle, et là je trouverai une voiture pour Nice.

A Nice, elle prendrait le chemin de fer.

Elle se contenta de se faire indiquer le chemin muletier le plus court pour descendre dans la vallée ; et elle partit bravement. Elle allait, très légère, encore un peu inquiète parce qu'elle se sentait à découvert ; mais, après une demi-heure de marche, elle rencontrait un bois d'oliviers. Elle y pénétra pour se reposer quelques instants, et, se cachant aisément derrière un vieux tronc, elle osa se retourner et chercher sa villa. Elle pouvait justement l'apercevoir, toute blanche, même un peu aveuglante sous l'éclat du soleil. Et, presque aussitôt, elle distingua la silhouette de son mari, qui se décidait enfin à rentrer chez lui.

Elle eut un geste de défi. Ah ! cet homme qui avait si bien cru se rendre maître d'elle, elle ne le craignait plus : Raymond allait la protéger désormais... Et elle formait tout un plan pour reprendre sa liberté. Ils reviendraient secrètement, dans ce pays, retrouveraient leur fille et s'enfuiraient alors loin de France, loin de ces lois maudites qui les enchaînaient, elle et sa fille, au baron de Candia... Elle quitta le bois d'oliviers et s'élança de nouveau dans le petit chemin rocailleux, se retournant sans cesse avec inquiétude. Et elle ne se sentit vraiment tranquille que lorsque Castillon et le cottage disparurent entièrement. Et elle marcha alors un peu plus lentement. Elle éprouvait non seulement une grande fatigue morale et matérielle, mais ses pieds se heurtaient continuellement à des cailloux, à des pointes de roche qui émergeaient de la terre ; et cette descente brusque lui donnait de douloureuses secousses dans ses entrailles encore meurtries.

Elle n'arriva à Menton que vers la nuit, et elle loua une voiture pour se faire conduire à Nice.

Une grosse déception l'y attendait : elle avait espéré prendre le train de une heure six du matin, qui lui aurait permis de se trouver à Marseille quelques heures avant le départ du bateau ; mais sa voiture arriva devant la gare de Nice au moment même où ce train s'ébranlait. Elle ne pouvait plus partir que par le train de cinq heures trente, qui arrive à Marseille vers une heure de l'après-midi.

— Le bateau aura déjà quitté le port !

Elle faillit désespérer, et, toute tremblante, alla demander, à un des employés de la gare, si les transatlantiques quittaient Marseille exactement à l'heure indiquée.

— Dame ! répondit l'employé, quand il fait beau, ils filent comme le chemin de fer ; mais quand la mer est démontée, ainsi qu'aujourd'hui...

— Ah ! la mer est démontée ? murmura joyeusement Geneviève.

— Tiens ! avec le petit mistral qui souffre depuis ce matin !...

Geneviève bénit ce mistral, qui retarderait peut-être d'une heure le départ du bateau. Et, en attendant le train, elle erra, follement anxieuse, dans toutes les salles de la gare....

Enfin, on forma le train de Marseille ; elle se rendit sur le quai et examina minutieusement la machine ; et, avec une parfaite ingénuité, elle demanda au chauffeur si ce train n'arrivait pas quelquefois en avance.

— Eh ! ma petite dame, répondit l'homme en riant, ce n'est pas tout à fait dans l'habitude des chemins de fer.

— Mais vous arriverez bien à l'heure, n'est-ce pas ? supplia-t-elle en lui donnant une pièce d'or.

Et, toute fiévreuse, elle alla s'installer dans le wagon des dames seules. Et bientôt, brisée par la fatigue, par l'angoisse, elle s'assoupissait.

Au moment où le train quittait Nice, un homme se précipita sur les marchepieds, et, malgré les cris des employés, passa devant tous les compartiments, jusqu'à ce qu'il arrivât devant celui des dames seules. Il aperçut Geneviève, tapie dans un coin, dormant en une pose de complet abandon : il se baissa aussitôt, revint en arrière et se glissa dans le compartiment voisin...

C'était le baron de Candia, fou de douleur et de rage. — Après de vaines recherches du côté de Sospel, il avait fini par retrouver les traces de sa femme ; il était décidé à la suivre mystérieusement pour savoir à qui elle irait demander asile et protection. Et il se cacha pendant tout le voyage.

Comme il n'avait pu prendre de billet, il perdit quelques minutes lorsqu'il arriva à Marseille : d'ailleurs, il ne pouvait quitter la gare en même temps que sa femme.

Geneviève sautait déjà dans une voiture.

— Au port !... Vite !... Cent francs si vous arrivez à temps ! criait-elle d'une voix haletante.

— Au port ?... Où, ma petite dame ?

— Aux transatlantiques.

— Si c'est pour le départ d'aujourd'hui, je crains bien que...

— Mais allez, allez donc !

Et bientôt, sa voiture descendait à fond de train de la gare et s'enfilait dans les avenues mouvementées qui conduisent au port.

— L'*Isaac-Pereire ?* demanda Geneviève, à l'entrée du port, comme un embarras de camions lui faisait perdre une minute.

Elle s'adressait à un douanier. Le douanier tira sa montre.

— L'*Isaac*, madame ? Mais il devrait être en mer... Pourtant, je n'ai pas encore entendu sa sirène... Enfin, allez tout droit !...

La voiture repartit, et Geneviève, debout, les mains crispées sur le siège du cocher, voulait reconnaître l'*Isaac-Pereire* dans tous les gros bateaux devant lesquels elle passait.

— Mais non, ma petite dame, disait le cocher en fouettant son cheval, mais non ! Je le connais bien, je vous le montrerai...

Et soudain, d'un ton désappointé :

— Ah ! Entendez sa sirène...

— Il part ? bégaya Geneviève en chancelant.

— Dame ! il y a près d'une heure qu'il devrait être dehors : seulement, ce gros temps aura retardé l'embarquement des bagages...

— Mais le voir, au moins !... Le voir !

— Alors, prenez ce petit escalier, montez sur la jetée, courez jusqu'au bout ; et, si vous arrivez à temps, il passera juste devant vous...

Geneviève s'élança ; et elle était si troublée qu'elle trébucha en arrivant au haut de l'escalier. Là, elle s'arrêta quelques secondes : la mer, furieuse, envoyait d'énormes paquets qui retombaient en une pluie cinglante sur la jetée ; et les rafales de mistral étaient si violentes que la jeune femme dut se cramponner à des anneaux de fer. Enfin, elle repartit, entendant la sirène du transatlantique... Et bientôt, elle le vit passer à une centaine de mètres devant elle, majestueux et calme tant qu'il était encore dans le port. Elle se mit alors à courir éperdument, les mains tendues, bégayant : —

— Raymond... Raymond...

Déjà le steamer avait pris la pleine mer. (Page 141.)

Déjà le steamer avait pris la pleine mer; et, aussitôt, les embruns l'enveloppèrent d'une blanche poussière d'eau. Cependant, Geneviève distingua Raymond, debout, cramponné à la balustrade de l'arrière, le seul de tous les passagers qui fût demeuré sur le pont ; sa tête était levée vers Notre-Dame-de-la-Garde.

— Raymond ! cria encore Geneviève.

Mais comment l'aurait-il entendue, dans l'effroyable vacarme de la mer? D'ailleurs, en ce moment, les vagues s'ouvrirent comme un gouffre devant le transatlantique; son avant piqua presque perpendiculairement, tandis que l'arrière remontait. Et la houle qui le secouait comme un simple canot vint se briser sur la jetée. Une immense ligne de vagues, couronnée d'écume blanche, se dressa contre le mur, semblable à un fantastique cheval qui se cabre et, avec un bruit de canonnade, s'écrasa sur le môle.

Geneviève fut renversée; elle essaya vainement de se relever, bégaya quelques mots informes, puis sentit sa vie s'en aller...

Et Candia, qui avait assez facilement suivi ses pas, la trouva étendue, toute raide et glacée, le visage blême, les vêtements souillés d'eau de mer. Il refusa l'aide de douaniers qui accouraient; il enleva lui-même sa femme et la porta dans sa voiture.

Une heure après, Geneviève s'éveillait dans une chambre chaude. Et, tout d'abord, elle ne vit qu'un grand feu clair, malgré lequel elle se sentait glacée. A ses pieds, autour de son corps, il y avait des boules d'eau brûlantes, et elle frissonnait... Et il lui semblait que le grand transatlantique s'enfonçait dans un gouffre, que Raymond était englouti par les vagues, et que tout cela se passait devant elle, et que la mort venait la prendre elle aussi.

Cependant, on parlait dans la chambre; et en se redressant un peu, elle aperçut des hommes graves que reconduisait son mari. Et elle entendit quelques mots dits à voix basse :

— Vraiment rien à redouter... Simple indisposition... Les boules d'eau vont ramener la chaleur... Et du calme maintenant... Eviter les émotions...

Et son mari remerciait les médecins très solennellement, s'inclinait avec son impeccable correction, donnant même l'explication de cette aventure :

— Nous avions des amis qui partaient par l'*Isaac-Pereire*, nous nous imaginions que nous pourrions leur dire adieu de la jetée...

— Par ces gros temps, c'est à peu près impossible...

Les médecins partis, Candia demeura assez longtemps contre la porte de la chambre, contemplant le lit et n'osant pas s'en approcher. Geneviève avait refermé les yeux, comme si cela avait pu éloigner le danger. Une servante se tenait debout, derrière le lit. Candia la renvoya d'un geste.

— Mais si madame avait besoin de moi?

— Restez dans le couloir, je vous appellerais.

La servante sortit, et, très doucement, pas à pas, il s'approcha du lit. Geneviève, les yeux fermés, le sentait venir ; et,
machinalement, elle serrait ses couvertures sur sa poitrine...
Elle comprenait pourtant que rien ni personne ne pouvait la
protéger contre l'amour de cet homme. Il demeura assez longtemps devant le lit. Puis il se pencha et déposa un lourd
baiser sur le front glacé de sa femme. Elle ne bougea pas.

Il glissa doucement les mains dans la fente des couvertures et les écarta. Geneviève n'osa pas résister ; mais elle
conservait ses mains jointes sur sa poitrine. Il les couvrit de
baisers, puis les défit. Il eut un moment d'hésitation en sentant ce corps tout glacé, et il trembla devant ces lèvres
blêmies... Mais retrouverait-il jamais cette minute d'abandon
où sa femme, vaincue, sans dire une parole, consentait enfin
au sacrifice ?

Et il la posséda enfin, avec une fureur d'amour qu'elle
supporta sans une plainte, sans une faiblesse... Elle demeura
froide, immobile, passive ; et comme il essayait, dans un
dernier élan de tendresse, de se faire un collier de ses bras,
elle laissa ses bras retomber automatiquement sur le lit. Et
elle semblait une chose inerte, endormie ; et malgré les brûlantes caresses de son mari, sa bouche demeura fermée... Il
se releva tout chancelant, glacé à son tour ; et il contempla
avec stupeur cette femme à qui il venait de voler, oui, de
voler, la sublime étreinte de l'amour....

Elle ouvrait lentement les yeux.

— Ma fille ! murmura-t-elle, d'une voix éteinte.

— Si vous pouvez partir aujourd'hui, elle sera demain
dans vos bras...

— Et à jamais, n'est-ce pas ?

— A jamais, je vous le jure !

Quel mépris pour lui ! Cette femme n'avait été et ne serait
jamais à lui que par amour maternel...

L'épisode suivant a pour titre :

LA BARONNE DE CANDIA

TABLE DES MATIÈRES

SCEAUX. — IMPRIMERIE E. CHARAIRE.

PIERRE SALES
CHAÎNE DORÉE

centimes le fascicule illustré
ŒUVRES DE PIERRE SALES. N° 49.
EDITEURS - PARIS
CHAÎNE DORÉE. N° 1 bis.
L'EXPIATION. N° 6 bis.

www.ingramcontent.com/pod-product-compliance
Ingram Content Group UK Ltd.
Pitfield, Milton Keynes, MK11 3LW, UK
UKHW020207130726
13696UKWH00002B/771